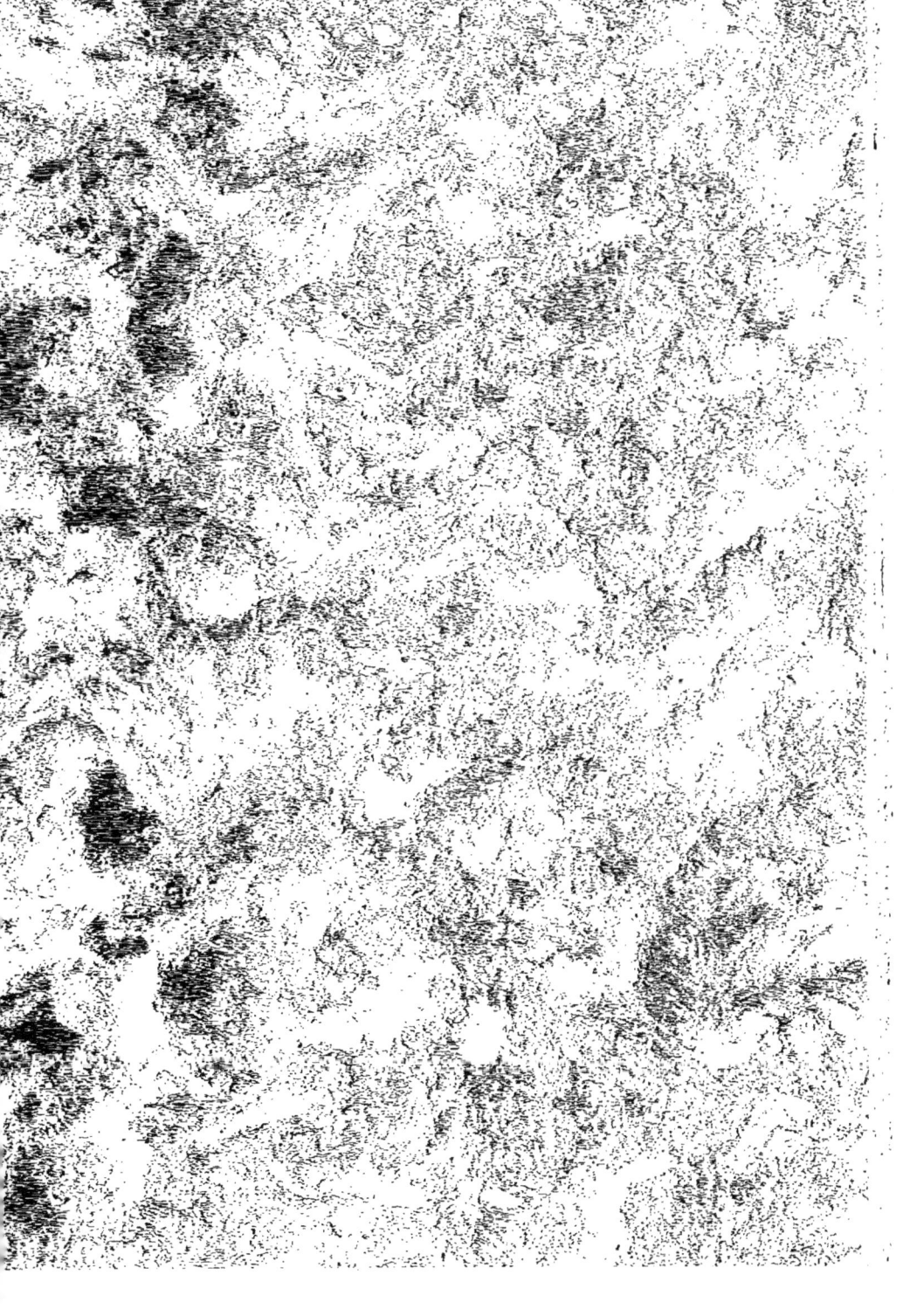

UNIVERSITÉ IMPÉRIALE

COLLEGE DE COLOGNE.

Cours 1812—1813.

[signature manuscrite]

PRIX

décerné pour les dernières compositions

au Sieur *[nom manuscrit]*

natif d-é *[lieu manuscrit]*

Élève de l'École de 1er Degré   Classe.

Cologne le 16 *Août* 1813.

Le Principal

[signature manuscrite]

MÉLANGES

DE LITTÉRATURE

ET

DE PHILOSOPHIE.

MÉLANGES

DE LITTÉRATURE

ET

DE PHILOSOPHIE;

CONTENANT

Des Essais sur l'Idée et le Sentiment de l'Infini; sur les grands Caractères; sur le Naïf et le Simple; sur la Nature de la Poésie et la Différence de la Poésie ancienne et moderne; sur le caractère de l'Histoire et sur Tacite; sur le Scepticisme; sur le Premier Problème de la Philosophie; sur les derniers Systèmes de Métaphysique en Allemagne;

Par F. ANCILLON,

MEMBRE DE L'ACADÉMIE ROYALE DES SCIENCES DE PRUSSE.

TOME II.

PARIS,

Chez F. SCHOELL, rue des fossés S. G.-L'Auxerrois, n. 29,
Et chez H. NICOLLE, rue des Petits-Augustins, n. 15.

1809.

ESSAI

SUR

LE SCEPTICISME.

ESSAI

SUR

LE SCEPTICISME.

On trouve un charme secret à chercher ses opinions dans les anciens, et
l'on s'applaudit de les y rencontrer, non
qu'on veuille appuyer sa conviction sur
l'autorité, compter les suffrages, et décider les questions de la philosophie à
la majorité des voix; mais il y a, entre
les idées comme entre les élémens de
la matière, des affinités secrètes qui agissent sur l'esprit du lecteur, et l'attirent
vers les idées analogues aux siennes.

Ces ressemblances et ces analogies,
quelquefois apparentes, presque tou-

jours imparfaites, peuvent égarer le jugement. Il est souvent arrivé que des hommes instruits et fortement préoccupés des découvertes et des idées des auteurs modernes, ont cru les retrouver dans les auteurs anciens.

Cependant, en fait de métaphysique, on peut dire sans exagération que tout ce qui a été dit, et peut-être tout ce qui peut se dire, se rencontre soit en germe, soit à un certain degré de développement, dans les philosophes grecs.

A voir le degré de perfection auquel les Grecs ont conduit les arts qui parlent aux sens et à l'imagination, on croiroit que l'étude de la métaphysique devoit être pour eux sans attraits, et à voir leurs systèmes métaphysiques où se réunit tout ce qu'il y a de plus hardi, de plus ingénieux et de plus profond, on ne se douteroit pas que l'époque qui les a vu naître eût produit les ouvrages

de l'art les plus parfaits. Ce peuple savoit concilier les extrêmes, et il est le
seul qui ait su mener de front dans la
carrière du développement, toutes les
facultés de l'esprit humain.

Les philosophes grecs ont abordé de
bonne heure le grand problème de l'origine et de la réalité des principes, ou
de la nature des êtres; ils l'ont résolu
à-peu-près de toutes les manières ima-
ginables; et ils ont tâché de prouver que
la science pouvoit atteindre l'être, le
saisir et le pénétrer dans tous les sens.
De bonne heure aussi plusieurs d'entre
eux ont senti l'insuffisance de ces solutions, les ont attaquées sans ménagement
et ont tâché de prouver que rien ne
pouvoit être prouvé. Le dogmatisme a
enfanté la sceptique.

Il n'existe pas d'ouvrage plus complet
et plus riche sur la foiblesse de l'esprit
humain, et sur l'incertitude de nos con-

noissances que les hypotyposes de Sextus Empiricus. Ce célèbre médecin vi-
voit, selon toutes les apparences, dans le
second siècle de l'ère chrétienne, car
son histoire et même l'époque de sa naissance sont un problême.

Ces hypotyposes et les huit livres
contre les mathématiciens, qui ne sont
autre chose qu'une application universelle et détaillée des principes énoncés
dans les hypotyposes, contiennent toute
la théorie du scepticisme. C'est un véritable arsenal de doutes de toute espèce,
rangé méthodiquement et dans lequel
les sceptiques des siècles suivans sont
venus s'armer de toutes pièces, choisissant dans cet immense magasin les armes
appropriées au caractère de leur esprit
et à la nature de leur objet.

Aussi, tous les philosophes qui se sont
placés dans son point de vue, et dont le
tour d'esprit ressembloit au sien, lui ont

prodigué les éloges les plus flatteurs, et parlent avec un véritable enthousiasme de sa pénétration, de sa sagacité, de son savoir, de sa logique serrée et pressante, de l'ordre et de la clarté qui règnent dans ses écrits. Montaigne, La Motte Le Vayer, Huet, Bayle, les scepti-ques modernes les plus célèbres, em-pruntent sans cesse ses raisonnemens, et se font gloire de marcher sous ses en-seignes.

On ne sauroit disputer à Sextus Em-piricus une profonde érudition; il con-noît à fond les opinions des sages, et possède bien les matières qu'il traite. Ses écrits répandent un grand jour sur l'his-toire de la philosophie; il joint au savoir un esprit lumineux et méthodique qui sait mettre chaque chose à sa place; son style est simple et précis; sa clarté est d'autant plus admirable qu'elle ne le quitte pas dans les recherches les plus abstraites et les plus difficiles; c'est la

transparence de la profonde mer pendant le calme, et non la limpidité d'un
ruisseau dont les eaux sont basses.

Cependant, malgré l'habileté de Sextus et toutes les ressources de son esprit, ce grand et difficile ouvrage ne paroît être qu'un pénible jeu. Sextus ne
satisferoit pas même un lecteur réfléchi,
qui se placeroit tout-à-fait dans son point
de vue. Non-seulement les moyens que
Sextus emploie pour atteindre son but,
se détruisent eux-mêmes, et ceci est le
tort de son genre de philosophie; mais
aussi Sextus n'a pas encore assez généralisé les questions, et par conséquent
il n'a pas assez généralisé les doutes; au
lieu d'attaquer la certitude humaine sur
les hauteurs où elle prend sa source, il
l'attaque dans ses dépendances; au lieu
de diriger ses coups sur la racine de
l'arbre, il s'attache à ses ramifications,
et ce dernier tort est le sien; c'est celui
de son esprit.

Peut-être ne sera-t-il pas sans intérêt de voir la foiblesse de la sceptique dans le héros de la sceptique, et de porter ensuite notre attention sur le scepticisme en général. Nous exposerons d'abord les idées de Sextus avec celles qu'il nous a fait naître; nous verrons ensuite quelle a été la marche de l'esprit humain dans la progression effrayante du doute, et ce qui peut raisonnablement l'arrêter.

La sceptique diffère du pyrrhonisme et de la doctrine de l'Académie, par des nuances délicates et cependant distinctes pour un œil attentif.

Pyrrhon affirmoit de la manière la plus positive une négation; il prétendoit démontrer que rien ne pouvoit être démontré; non-seulement selon lui l'homme ne sait rien, mais il ne peut même jamais espérer de savoir quelque chose. Pyrrhon ne doutoit pas; il rejetoit tout.

Quant aux Académies, on sait qu'on
en distingue trois dans l'histoire de la
philosophie. La doctrine de Platon avoit
singulièrement dégénéré dans la tête et
sous la plume de ses sectateurs. Sa méthode pouvoit, sans doute, développer
le scepticisme et même lui fournir des
armes; dirigée contre les définitions orgueilleuses des sophistes, elle les amène
par l'induction à convenir qu'ils ne connoissent pas l'objet dont il s'agit. Dans
plusieurs de ses dialogues, Platon ne va
pas plus loin; il dit ce que la chose n'est
pas, il ne nous apprend pas ce qu'elle
est, mais les principes de Platon sont
certainement dogmatiques. Il croyoit
pouvoir parvenir à la connoissance des
vérités absolues, universelles, immua-
bles qu'il plaçoit dans les idées, et croyoit
pouvoir y parvenir par le raisonnement.
Les fondateurs de l'Académie moyenne
et de la nouvelle, adoptèrent la méthode
de Platon, sans adopter ses principes,
et cette méthode les conduisit à des ré-

sultats différens. Toutes deux se rappro-
choient du pyrrhonisme, mais la seconde
beaucoup plus que la dernière. L'Académie moyenne fondée par Clitomaque,
professoit au fond le pyrrhonisme tout
pur; elle l'énonçoit par un sophisme en
disant qu'il est si vrai qu'on ne peut rien
affirmer avec certitude, que cette proposition même du doute universel ne
peut pas être affirmée. La troisième Académie fondée par Arcésilas, étoit plus
sage et plus mesurée; elle s'éloignoit également du dogmatisme négatif et du dogmatisme affirmatif, et soutenoit que le
probable étoit le dernier terme de la
science, qu'elle ne pouvoit jamais s'élever
au-delà, et devoit se contenter d'évaluer
et de compter les degrés de la probabilité.

La sceptique n'alloit pas aussi loin dans
le doute que le pyrrhonisme, et elle
alloit plus loin que l'Académie nouvelle;
elle prétendoit ne rien affirmer et ne
rien nier, et rester à une distance égale

du dogmatisme affirmatif et du dogmatisme négatif. Elle n'apercevoit le probable nulle part; elle admettoit des apparences, mais toutes ces apparences
étoient sur la même ligne, et l'une n'avoit
pas plus de réalité que l'autre. La sceptique n'alloit pas jusqu'à dire que l'homme
ne peut rien connoître avec certitude,
mais elle disoit que jusqu'ici l'homme ne
connoissoit rien de cette manière. Elle
plaçoit la sagesse suprême dans la suspension de toute espèce de jugement [1],
vu qu'il y a partout et sur tous les objets
un parfait équilibre entre le pour et le
contre, entre les raisons d'affirmer et de
nier. C'étoit dans cette suspension que
consistoit l'essence de la sceptique. Son
but étoit de produire dans l'ame l'ata-
raxie ou une quiétude imperturbable en
fait d'opinions, et la métriopathie ou
l'égalité en fait d'affections. Ses moyens
étoient les différentes raisons d'époque;

[1] Εποχη.

Sextus en comptoit dix que nous allons
énoncer et examiner.

Première raison d'époque. Elle est tirée de la différence qui se trouve entre
les sensations des différentes classes des
animaux et celles des hommes, différence
qui résulte de leur organisation, et qui
ne permet pas d'asseoir un jugement sur
un être quelconque.

Ce raisonnement prouve qu'il n'y a
rien d'absolu ni d'universel dans les sensations, et qu'il y a autant de différentes
manières de percevoir la nature, qu'il
y a d'espèces d'êtres et d'organisations
différentes ; mais il ne prouve pas qu'il
faille tout-à-fait suspendre son jugement
et qu'il n'y ait rien qu'on puisse affirmer
avec certitude. L'auteur affirme positi-
vement la réalité de ces différences de
sensations. Cependant ces différences ne
nous sont percevables que par les sens ;
qu'est-ce donc que ces sens, qui, d'un

côté, ne peuvent nous conduire à quelque résultat certain, parce qu'il y a une différence frappante entre eux, d'une espèce d'animaux à une autre, et qui, de l'autre, nous servent à constater avec certitude cette différence?

Quelque variété qu'il y ait entre les différentes espèces d'animaux, cependant les animaux comprennent les hommes, et les hommes comprennent les animaux. Sans doute, les hommes ont la raison pour saisir ces différences, et pour en tenir compte dans leurs procédés, mais les animaux ne peuvent comprendre les hommes que par l'analogie des sensations. La différence n'est donc pas aussi grande qu'on l'imagine, et laisse subsister beaucoup de ressemblances.

Seconde raison d'époque. Les différences qu'il y a entre les sensations des hommes produisent la différence des

appétits et des aversions, et cette différence est telle qu'on peut sur chaque
objet dire ce qu'il paroît être et non ce
qu'il est en lui-même [1].

Nous remarquons d'abord que la différence des sensations est du moins bien
constatée, et que l'on ne peut pas là-
dessus suspendre son jugement.

Cette différence n'empêche pourtant
pas que la plupart des hommes ne re-
cherchent et ne fuyent les mêmes objets, et qu'ils ne s'entendent quand ils
se parlent de leurs sensations; ce qui
seroit inexplicable, s'il n'y avoit pas de
l'identité dans la masse des sensations.

Il y a encore bien plus d'identité dans
les intuitions, et comme nous rapportons toujours les intuitions aux objets,

---

[1] Ὅτι μὲν ἕκαϛον φαίνεται τῶν ὑποκειμένων,.. τι δὲ
εϛι κατα δυναμιν, ὡς πρὸς τὴν φύϛιν ουχ οἷον τι ὄντως
αποφηναϛθαι.

et qu'elles servent de base à nos jugemens sur la nature, l'identité des intuitions prouve plus pour la possibilité de
connoître les objets tels qu'ils sont, que
la diversité des sensations ne prouve
contre cette possibilité.

Il est sans doute impossible de constater l'identité des intuitions, car, pour
cet effet, il faudroit être en même-temps
soi et un autre; mais expliquez pourquoi
l'on croit à cette identité, et comment
le monde entier roule sur cette identité,
si elle n'est pas réelle!

Enfin, s'il n'y a rien d'absolu dans les
sensations, en conclurez-vous qu'il n'y
a rien d'absolu dans les jugemens et dans
les raisonnemens ? Comme toutes les sensations sont particulières, individuelles,
variables, et que les jugemens supposent
tous quelque chose d'universel et d'invariable, cela seul ne prouveroit-il pas
que tout ne vient et ne s'origine pas des

sensations? Aussi tous les philosophes qui ont essayé de déterminer la nature des êtres, ont cherché leurs principes dans l'ame.

Troisième raison d'époque. La diversité des sens dans chaque individu de l'espèce humaine. Chaque sens perçoit un côté de l'objet; toutes ces perceptions correspondent-elles à quelque chose de réel? et si elles n'y correspondent pas toutes, lesquelles ont ce caractère? Si nous avions moins de sens, plus de sens, d'autres sens, ne saisirions-nous pas l'objet sous des rapports tout différens? Nos sensations étant différentes, ne nous feroient-elles pas percevoir d'autres qualités? Pouvons-nous donc dire que nous connoissons l'objet?

Si l'on prend le mot connoître dans un sens absolu, et si l'on fait de l'objet le synonyme de l'être, ce raisonnement est très-juste. Selon Sextus, la raison est le juge naturel des sens, et elle juge que les sens ne peuvent pas nous conduire à la connoissance des êtres. Ou ce raisonnement est faux, et alors il ne prouve rien contre la raison ni contre les sens, ou il est vrai, et alors il ne prouve du moins rien contre la raison, et ce n'est pas une raison de suspendre son jugement sur la vérité des sens; mais de prononcer son jugement contre eux.

De plus, le raisonnement de Sextus prouve simplement que les sens ne sauroient saisir tous les côtés de l'être; mais ne seroit-il pas certain que l'être saisi par des sens tels que les nôtres, présente tel ou tel rapport, et ce rapport n'a-t-il pas de la réalité?

Quatrième raison d'époque. La variété des circonstances et des états du corps détermine nos sensations, et ces sensations sont ensuite les élémens de nos jugemens. La santé, la maladie, la diffé-

rence des âges, la veille et le sommeil,
sont autant de sources de sensations et
de jugemens divers. Dans chacun de ces
états, on sent les choses autrement. Dans
lequel les voit-on ou les sent-on conformément à la vérité ?

Il est singulier que nous nous aper-
cevions nous-mêmes de ces différences ;
nous nous prémunissons même, autant
que possible, contre cette multitude infinie de circonstances qui modifient nos
jugemens. Nous saisissons donc du moins
cette vérité.

Comme nous jugeons que ces circonstances modifient nos organes et nos sensations d'une manière différente de leur
état habituel, que certaines sensations
nous paroissent conformes à la règle et
d'autres des exceptions à la règle, il faut
que nous ayons une mesure pour en juger ainsi. La fréquence et l'universalité
de certaines sensations nous donnent

cette mesure. Il y a un certain état de l'homme qui constitue la santé ; l'homme est fait pour être sain, et la maladie n'est pas son état ordinaire et habituel ; nous jugeons donc que la manière dont un homme voit, sent et perçoit les objets dans l'état de santé, est le mode de voir de la nature humaine, la vérité relative à l'homme, et que le malade est dans l'erreur.

Il en est des rêves comme des maladies ; chaque homme fait justice de ses rêves, et distingue lui-même ses rêves de la réalité. Tant qu'il rêve, ses songes lui paroissent avoir tous les traits de l'existence ; mais au moment où il s'éveille à la première sensation, il fait sa part à l'imagination, et donne à ses sensations peut-être moins vives, moins liées entr'elles que les images du rêve, la réalité. On peut sans doute demander ce que c'est que cette réalité qu'il attribue à une série de représentations et qu'il refuse à une

autre, et s'il est autorisé à faire cette distinction ; mais on peut demander à ceux
qui font cette question, et qui la font
pour prouver que les représentations
dans l'état de veille pourroient fort bien
ne pas avoir plus de réalité que les rêves,
et qui cependant ne sauroient nier le fait
de cette distinction, comment ils s'expliquent si les représentations durant la
veille n'ont pas plus de réalité que les
songes, et si les songes ont tout autant
de réalité que les idées durant la veille?

Cinquième raison d'époque. Les objets
nous paroissent différens, selon les lieux,
les distances et les positions. Ces circonstances déterminent nos sensations. Nous
substituons l'une à l'autre; nous corri-
geons l'une par l'autre; laquelle est la
véritable, ou plutôt lesquelles peuvent
servir de base à nos jugemens sur les
qualités des êtres?

Ces observations nous conduisent à

constater des rapports certains. Il est
vrai qu'à telle distance, un être doué
d'organes humains doit voir la tour ronde, et à une autre distance il la verra
carrée. Ces rapports sont variables, mais
réels. La tour est-elle ronde? est-elle
carrée? Elle est carrée; car l'homme
vérifiant les dépositions d'un sens par
celles des autres, saisit le rapport constant sous lequel l'homme qui n'est pas
malade doit voir cet objet.

Sixième raison d'époque. Les sens
agissent sous différentes conditions; ces
conditions varient et modifient la sensation, de manière qu'elle ne nous arrive
jamais pure : c'est ce que Sextus appelle
le mélange du dehors [1].

Ou ces conditions sont essentielles à
tel ou tel ordre de sensations et sont
toujours les mêmes, ou ces conditions
sont accidentelles et temporaires. Dans

[1] Τὸ μῖγμα ἐκ τοῦ ἐκτός.

le premier cas, ces conditions n'ajoutent
rien à l'incertitude des résultats que
nous pouvons tirer de nos sensations. La
sensation est l'effet d'un rapport, de
celui de l'impression que reçoit l'organe
avec l'être sentant; ce rapport en suppose d'autres. Cette impression dépend
des rapports de l'organe avec les milieux
environnans, comme avec les objets, de
l'état de l'organe, comme de sa nature.
Tout cela est et doit être nécessairement
relatif. Si les conditions sont accidentelles et temporaires, dès que nous remarquons que l'organe n'est pas dans
un état de santé, et que nous distinguons les conditions essentielles des
conditions particulières, nous ne con-
cluons rien de ces sensations, et par
conséquent elles ne peuvent être un
principe de doutes et d'incertitude.

Septième raison d'époque. La quantité
des objets décide souvent de l'impression qu'ils font sur nous, ou de l'effet

qu'ils produisent. Un peu plus ou un peu moins du même objet paroît changer sa nature[1].

Tous ces exemples prouvent qu'il y a beaucoup de vérités relatives : s'ensuit-il qu'il n'y en a point d'absolues ?

Ces relations même sont pourtant quelque chose de positif et de réel.

Huitième raison d'époque. Tout ce qui existe pour nous, tout ce que nous saisissons, tout ce que nous pensons est toujours relatif à quelque autre chose, et n'est ni isolé, ni absolu. Sextus distingue deux sortes de rapports ou de relations, le rapport de l'objet au sujet, et les rapports des sujets entr'eux ou des idées entr'elles[2].

[1] Ἔξομεν ουν, conclut Sextus, καιταυθα λεγειν ὁποιον εςι... το προς τι, την μεντοι φυσιν των πραγματων καθ᾽ ἑαυτην ουκετι.

[2] Το γαρ εκτος κρινομενον προς το κρινον φαινεται, καθ᾽ ἑτερον δε τροπον προς τα συνθεαροιμενα.

Ces derniers rapports n'étant percevables que par le sujet, vont se perdre
dans le rapport général de l'objet au
sujet, que Sextus n'a pas saisi dans sa
généralité.

Neuvième raison d'époque. Les choses
et les objets font sur nous des impressions différentes, selon que nous les
voyons souvent ou rarement.

Ce morceau est un des plus mauvais
de tout l'ouvrage.

D'abord, Sextus y confond les sensations ou les impressions tantôt agréables,
tantôt désagréables, que les objets font
sur nous, et que nous ne rapportons
jamais qu'au sujet qui les éprouve avec
les intuitions que les objets nous donnent, et que nous rapportons toujours
aux objets. Cependant, ces dernières
seules servent de base à nos jugemens,
et c'est d'elles seules qu'il peut être

question quand il s'agit de vérité. Un objet nouveau ou rare nous plaît, nous amuse, nous frappe, plus que lorsque ce même objet se sera présenté souvent; mais cette circonstance ne change pas pour nous ses formes primitives ou originaires.

Dixième raison d'époque. Les différences ou plutôt l'opposition des lois, des coutumes, des genres de vie, des opinions et des croyances religieuses.

Ce thême est immense et a été de tout temps le thême favori des sceptiques. Montaigne, Charron, La Motte Le Vayer, Bayle, le traitent avec une sorte de prédilection. Pascal lui-même, qui a sondé d'une main si ferme et si sûre l'abîme de notre ignorance, et qui n'a ébranlé et détruit d'anciens fondemens que pour élever nos connoissances sur des bases plus solides, emploie quelquefois ce genre de raisonnemens dans ses immortelles et sublimes pensées. Cependant il ne prouve rien.

Les lois politiques et civiles, les usages et les différens genres de vie, non-seulement sont variables et relatifs, mais encore ils doivent l'être nécessairement. Il ne peut y avoir quelque chose d'absolu dans ces objets, car ils tiennent essentiellement à des rapports variables, et consistent dans des rapports.

Les lois morales ont seules un caractère de nécessité et d'universalité, mais ce n'est que dans la formule générale qui les exprime et non dans leur application ; de nouvelles relations font naître de nouveaux devoirs ; l'absence de ces relations les fait disparoître. Souvent encore nous croyons voir une opposition entre les usages et les mœurs, là où il n'y en a pas une réellement, parce que les lois morales ne prescrivent et ne déterminent rien sur cet ob-

jet. Ainsi tout ce qui est relatif à quel-
ques-uns des degrés défendus dans les
mariages, ne sauroit être allégué en
preuve.

Après avoir exposé ces dix moyens
d'époque, Sextus les généralise et en
énonce cinq autres, qui peuvent facilement être ramenés aux dix premiers.

Le premier [1] consiste dans l'opposition
des systêmes des philosophes sur toutes
les matières. Cette mouvance et cette
opposition des théories philosophiques
sont surtout frappantes, quand on les
rapproche de l'accord admirable qui
règne entre les géomètres, sur les principes de leur science et sur l'immutabilité de leurs principes. Cette raison
d'époque a beaucoup de rapport avec
la dixième, mais Sextus l'énonce ici
d'une manière beaucoup plus saillante.
Le point décisif à examiner seroit, si

[1] Απο διαφωνιας.

cette opposition est aussi réelle qu'elle
le paroît au premier coup-d'œil, si elle
a toujours été sérieuse de la part de
ceux qui ont soutenu des opinions différentes, ou si les passions leur ont souvent dicté un langage opposé à leur
conviction, surtout, si cette opposition
porte sur les faits primitifs de l'ame et
de la nature, ou sur l'explication de
ces faits. En tout état de cause, cette
opposition ne seroit jamais qu'une présomption contre la raison humaine et
non une prescription.

La seconde raison d'époque consiste
dans l'idée que tout est relatif[1]. La plupart des dix moyens d'époque que nous
avons parcourus, ne sont que des développemens de celui-ci. Il y a un rapport général qui lie toujours le sujet à
l'objet; ce rapport se trouve dans toutes

---

[1] Απο τȣ προς τι.

Διανοια, dit Sextus, αυτη επιμιξιαν τινα ιδιαν
ποιει, προς τα υπο των αισθησεων αναγγελλομενα.

les représentations; le sujet et l'objet
concourent à les former, et s'unissent
en elles d'une manière mystérieuse qui
ne nous permet pas de faire à chacun
sa part. Nous reviendrons plus bas sur
la force de cette objection, qui repose
sur une assertion ou sur un principe.

Les autres moyens d'époque peuvent
tous être réunis dans le raisonnement
suivant. En allant de syllogisme en syllogisme, quelque prolongée que soit
cette échelle, vous arriverez toujours
à une première prémisse; qu'en ferez-
vous? Ou vous la prouverez par un nouveau syllogisme, dont la première prémisse vous offrira la même difficulté, et
vous irez à l'infini, et toute la chaîne de
vos raisonnemens flottera en l'air, ne
tiendra à rien et ne mènera à rien; ou
vous admettrez la première proposition
hypothétiquement, et cette hypothèse
gratuite ne donnera jamais à la science
un appui solide; ou en prouvant votre

principe, vous tomberez dans un cercle vicieux et vous n'aurez rien fait; ainsi, conclut-il, on ne sauroit donner une base véritable à la science humaine.

Dans ce raisonnement, Sextus procède par voie d'exclusion; il ne peut donc pas avoir une grande force contre toute espèce de certitude, puisque ce raisonnement lui-même suppose deux choses : la première, que les lois de la logique sont incontestables, la seconde, que l'auteur a épuisé dans ses prémisses tous les modes de solution. Il en restoit un cependant, comme nous le verrons, qui consistoit à faire reposer tout l'édifice sur des faits primitifs, évidens, incontestables.

On peut ramener toute la théorie du scepticisme de Sextus aux trois propositions suivantes, et elles prouvent que le scepticisme est toujours un dogmatisme déguisé, et qu'il porte en lui-même

sa réfutation ou son correctif. Voici ces
propositions.

Il n'y a partout et dans tous les objets que des antithèses, qui se contrebalancent les unes les autres.

Ces antithèses consistent dans l'opposition des phénomènes aux phénomènes, des noümènes aux noümènes,
et des noümènes aux phénomènes.

Ces antithèses prouvent qu'on ne
peut rien affirmer avec certitude, et jus-
tifient l'époque ou la suspension du jugement.

Ainsi Sextus croyoit avoir consommé
le scepticisme; la raison tournant ses
forces contre elle-même, avoit dissipé
les vains fantômes de la science; plaçant la perfection dans le repos et le
repos dans l'inaction, elle étoit condam-
née à jouer le rôle du fléau d'une ba-

lance, dont les bassins sont dans un équilibre inaltérable.

Avant de traduire ce suicide de la raison devant le tribunal de la raison, il importe de considérer par quels degrés l'esprit humain est arrivé à ces conclusions désespérantes, qui paroissent aussi contraires à sa nature qu'à ses intérêts.

Dans l'enfance et la première jeunesse de l'espèce humaine, comme dans l'enfance et la première jeunesse de l'individu, tout est frais, vivant, brillant de réalité pour l'esprit humain : les représentations et les idées sont aussi réelles que les objets, aussi réelles que les jouissances; on ne doute de rien, ni de soi-même, ni des objets qui vous environnent; on n'imagine même pas que l'illusion soit possible; fier, ou du moins satisfait de ses richesses, on vit dans une douce et entière sécurité.

Dans l'âge mûr et la vieillesse de l'espèce humaine, comme dans l'âge mûr
et la vieillesse de l'individu, on a déjà
fait de tristes expériences sur son esprit et sur son cœur, sur les erreurs de
l'un et sur les illusions de l'autre; la
défiance naît, les doutes s'élèvent dans
la raison et se succèdent rapidement;
en cherchant la réalité et la richesse,
on s'apauvrit tous les jours davantage;
le monde sensible se décolore; le silence
y règne; il perd ses parfums et ses couleurs; les formes mêmes l'abandonnent,
il ne reste rien de lui, ou tout au plus
quelque chose d'inabordable, d'inaccessible, d'effrayant, qui n'a de nom dans
aucune langue. Bientôt le doute et la
défiance assiègent aussi le monde des
idées; elles-mêmes ne sont bientôt plus
que des fantômes qui s'élèvent du sein
de l'ame; l'ame elle-même n'est qu'un
fond mobile, sur lequel paroissent et
disparoissent des figures mobiles, une
vapeur qui, après s'être divisée et sub-

divisée dans une multitude de vapeurs,
plus légères et plus subtiles, va se perdre elle-même dans la vapeur générale
de l'existence.

Telles sont les deux extrémités de la
route du scepticisme. Il y a un moment
où l'homme ne doute de rien; il peut
venir un moment où il doutera de tout.
Les premiers doutes sur la réalité des
connoissances humaines se forment difficilement et avec lenteur; la plupart
des hommes meurent sans avoir douté,
et ceux même qui doutent de quelques
faits ou de quelques vérités particulières, ne doutent pas des sens, de l'expérience, de la raison en général; mais
du moment où un doute de ce genre
s'est élevé dans l'esprit, il gagne de proche en proche, répand partout son ve-
nin contagieux, et bientôt n'épargne
plus aucun objet.

Or du premier état de l'entendement

humain qui est de tout croire, au doute
universel, il y a une distance prodi-
gieuse. Quelle gradation a-t-on suivie
pour la franchir? quelle gradation peut-
on imaginer? Voici l'ébauche d'un tableau de la filiation des doutes sur les
connoissances humaines, tel qu'on peut
le concevoir en bonne psychologie; ce
n'est qu'un roman des phrases du scepticisme; il est ce qu'il doit être si sa
marche est philosophique.

L'homme ne se distingue pas de pri-
me-abord des objets de ses représentations; il existe tout entier hors de lui;
la nature est lui; lui est la nature.

L'homme se distingue des objets, mais
il ne se distingue pas encore de ses représentations; il ne distingue pas encore ses représentations les unes des autres d'une manière bien nette.

L'homme se distingue lui-même de

ses représentations et des objets de ses représentations.

L'homme distingue deux ordres de représentations, les unes qui lui viennent du dehors, qu'il reçoit involontairement, et qu'il ne peut pas modifier à son gré; les autres qui semblent sortir de l'intérieur de son être, et qu'il produit plutôt qu'il ne les reçoit.

L'homme distingue dans les représentations qui lui viennent du dehors, et qui paroissent être les effets d'objets agissans sur lui, deux classes d'impressions; il rapporte les unes aux objets, et elles servent à déterminer leurs attributs ou leurs prédicats; il rapporte les autres au sujet qui les éprouve, en tant qu'elles l'affectent agréablement ou désagréablement; les premières sont les intuitions; les secondes sont les sensations.

L'homme distingue enfin, dans les

représentations qui lui viennent du de-
dans et qui paroissent être son propre
ouvrage, deux classes de représentations ; les premières ne sont que des
combinaisons arbitraires de l'imagination, des fictions ; les autres des produits de l'entendement et de la raison,
ou des résultats de la réflexion, les notions, les principes, les idées.

Les intuitions ont donné à l'homme
la première idée d'une réalité objective, indépendante de ses représentations, et cause de ses représentations ;
il n'a pas eu le moindre doute sur la
correspondance de ses représentations
avec ces objets réels. Pendant long-temps
il a étendu cette réalité objective à ses
sensations, aux fictions de l'imagination
et aux idées de la raison.

Les fictions de l'imagination ont été
les premières à donner à l'homme l'idée
d'une réalité purement subjective. Il ne

pouvoit douter de la présence de ces représentations, et il étoit bien sûr de les avoir, et elles sont quelquefois vives, fortes et durables. La différence qu'il y a entre ces représentations et les intuitions des sens, différence peut-être inexplicable, mais certaine, devoit naturellement conduire l'homme à refuser aux premières la réalité objective.

Le pas qui suivit ce premier pas vers le doute, fut de s'apercevoir que les sensations n'avoient aussi qu'une réalité subjective; la douleur et le plaisir, avec leurs formes et leurs modifications innombrables, ne pouvoient résider que dans le sujet qui les éprouve. Les mêmes objets affectent de ces deux manières opposées des personnes différentes, et quelquefois la même personne dans des momens différens. La douleur et le plaisir ne peuvent donc pas tenir, comme des qualités constantes et universelles, aux objets qui les excitent.

Les intuitions, les idées générales, les notions ou les principes, conservoient encore leur réalité objective.

Bientôt on s'aperçut que les intuitions pouvoient être fausses et erronées; les sens se trompent souvent; mais en convenant de leurs erreurs, on ne faisoit encore que douter de la vérité de telle ou telle intuition particulière. On étoit convaincu que les sens pouvoient se rectifier l'un l'autre, qu'ils pouvoient tous être rectifiés par la raison, et que rectifiés ainsi, ils conservoient la vérité objective. Le toucher gagna surtout du crédit, et fut regardé comme le vérificateur général. Cependant il ne falloit plus que faire un seul pas, pour que le monde sensible disparût tout entier; on se demanda si les qualités que le toucher découvre dans les corps, qualités qui paroissent les constituer, l'étendue, la figure, l'impénétrabilité, ne seroient pas aussi un simple rapport des êtres à

nous, comme les sensations du doux et
de l'amer, de la chaleur et du froid. On
ne sauroit démontrer cette thèse, on
ne peut pas démontrer la thèse contraire; cette incertitude a fait douter
de l'existence du monde extérieur.

Les idées générales qu'on appliquoit
aux intuitions pour former des jugemens, et qui étoient surtout nécessaires
pour former des jugemens universels,
commencèrent à exciter quelque défiance du moment où l'on fut éclairé
sur leur origine. Dès qu'on sut qu'elles
étoient des produits de l'abstraction, et
qu'on les formoit en réunissant sous
une même dénomination les ressemblances des objets, et en laissant de côté
toutes leurs différences, on demanda
s'il y avoit dans la nature des êtres qui
correspondissent à ces notions, ou dans
les êtres quelque chose qui leur cor-
respondît? L'homme, l'arbre, répondit-
on, n'existent nulle part; il n'y a que

des individus dans la nature; les idées
générales n'ont donc point de réalité.
On voulut la leur conserver; ces idées
générales ayant été abstraites des êtres
réels, il parut que cela suffisoit pour
leur attribuer une espèce de réalité, car
elles devoient correspondre par quelques points aux êtres réels; mais comme on ne pouvoit déterminer avec précision les points correspondans, bientôt
on douta que les idées générales eussent une réalité quelconque, et l'on
ne vit plus en elles que des cases ou des
rubriques destinées à ranger nos représentations.

Restoient les principes ou les notions
qui ne sont pas des notions générales,
et qui ne doivent pas leur naissance et
leur origine à l'abstraction. Elles sont
les conditions premières de toute pensée et de tout jugement; le doute qui
s'étoit élevé sur ces idées générales ne
pouvoit manquer de les atteindre; car

pour prononcer sur leur réalité et sur
la nature de leur valeur, il falloit rechercher leur origine, et leur origine
est obscure et cachée. Viennent-elles de
l'objet? Tiennent-elles au sujet? Sont-
elles le produit de l'action combinée
de l'un et de l'autre? Dans quelles proportions concourent-ils l'un et l'autre
à produire les principes? Qui le sait?
Les principes ont un caractère apparent
de nécessité et d'universalité; cette nécessité et cette universalité sont-elles
réelles, ou sont-elles simplement com-
paratives? Si elles ne sont pas compa-
ratives, d'où leur vient ce caractère singulier? C'étoit demander qu'est-ce que
la raison? Que peut-elle et quelle créance mérite-t-elle?

Aucune des différentes solutions qu'on
a données de ce problême n'a satisfait
tous les esprits, et n'emportoit avec elle
une évidence et une certitude complètes. Ainsi les principes eux-mêmes, qui

sont nécessaires à toutes nos opérations intellectuelles, ont flotté dans l'incertitude, et ont paru tour-à-tour manquer de réalité ou en avoir.

Alors le scepticisme fut à son apogée, car aux principes tient l'ensemble de nos représentations ; ils sont le point d'appui de toutes nos facultés, et avec eux le moi lui-même parut s'échapper et s'évanouir.

Telle est la filiation du doute universel, quand on veut tracer méthodiquement son arbre généalogique. Dans le fait, le doute a pris une marche un peu différente, comme le prouve l'histoire de la philosophie. On a distingué de bonne heure entre le monde sensible et le monde intellectuel, et l'on a douté de la certitude et de la réalité du second, avant de douter de la certitude et de la réalité du premier. A l'époque où les sens avoient plus de pouvoir et

de force que la réflexion, cette gradation étoit naturelle ; plus tard , à mesure
que l'ame s'est plus détachée du monde
sensible par la force de l'abstraction, et
a plus vécu avec ses idées qu'avec les
objets, la philosophie a placé la réalité
dans le monde intellectuel, et l'a refu-
sée au monde sensible. Puis sont venus
les sceptiques, qui ont emprunté aux
matérialistes leurs argumens contre la
réalité du monde intellectuel, aux idéalistes leurs raisonnemens contre le
monde sensible ; ils les ont détruits l'un
par l'autre, et ils sont restés dans le vide
parfait.

Quelle que soit la marche qu'on puisse
suivre et qu'on ait suivie pour arriver
au scepticisme, cette philosophie (si
elle mérite ce nom) a toujours eu le
même vice radical, c'est d'être en contradiction avec elle-même, et de contenir des pétitions de principes qu'on
ne sauroit lui passer en bonne logique,

et ces défauts ne sont pas accidentels, mais inhérens et essentiels à ce genre de philosophie.

D'abord la philosophie sceptique porte en elle-même le germe de sa destruction, parce qu'elle est toujours plus ou moins dogmatique. La raison, en attaquant la raison, ne peut employer que le raisonnement ; tout raisonnement suppose des principes, et la certitude des règles de la logique. Si ces raisonnemens dirigés contre la certitude, sont justes et vrais, tout n'est pas incertain ; s'il n'y a aucun moyen de s'assurer de la justesse de ces raisonnemens, ils ne peuvent pas renverser toutes les connoissances humaines, ni prouver la conclusion que tout est incertain ; le sceptique ne peut jamais se tirer de cette alternative.

Sextus et Hume, les deux philosophes sceptiques les plus profonds et les plus hardis, ont tous deux échoué contre cet écueil. Ils peuvent être regardés comme les dignes représentans de la sceptique en général; leur force et leur foiblesse nous fournissent une mesure assez exacte de la force et de la foiblesse de ce genre de philosophie; ce qu'ils n'ont pas pu faire, d'autres le feront difficilement; or ils n'ont pas pu éviter le dogmatisme; nous allons en acquérir la preuve.

Sextus (comme nous l'avons déjà vu dans l'examen de ses époques,) affirme toujours une chose, pour en nier une autre; les trois propositions, auxquelles on peut ramener toute sa philosophie, sont toutes trois des propositions dogmatiques.

Première proposition de Sextus. Il n'y a partout et sur tous les objets que des apparences.

Le mot d'apparence n'a point de sens,

à moins qu'on ne l'entende par opposition à la vérité et à la réalité absolue;
comment donc le sceptique pourroit-il
se servir de ce terme, sans affirmer en
même temps différentes propositions
qu'il ne peut saisir qu'avec peine? Il y
a des êtres; ces êtres apparoissent ou
paroissent se révéler à nous; ces êtres
sont toute autre chose que ce qu'ils paroissent être; du moins conviendra-t-il
qu'il attache un sens différent au mot apparence et au mot réalité, le contraire
de l'apparence; et en établissant cette
différence, il affirme bien décidément
quelque chose. Il ne pourroit pas se tirer
delà en disant : il me paroît qu'il y a des
apparences; car cette phrase reproduit
la difficulté que le sceptique doit lever.

Seconde proposition de Sextus. Ces
apparences sont ou phénoméniques, ou
noüméniques, et se contrebalancent
exactement dans un sujet donné quelconque.

En lui accordant ce qu'on pourroit lui nier et ce qu'il prouveroit difficilement, savoir l'assertion qu'il y a une différence réelle entre les apparences phénoméniques et noüméniques, et que ces deux mondes d'apparences ne peuvent pas être ramenés à un seul, comment sait-il que ces apparences se contrebalancent exactement? et comment est-il sûr de ce qu'il appelle l'égalité des contraires? Il faut peser ces apparences ou ces raisons. Cette opération demande une balance sûre, exacte, délicate; cette balance ne peut être autre que la logique maniée par un esprit juste et sévère. Mais il faut être bien sûr de soi et de sa logique, pour ne pas douter de l'une et de l'autre, dans un travail aussi difficile.

Troisième proposition de Sextus. Comme les antithèses se contrebalancent par-

---

[1] Ἰσοβένεια ἀντικειμένων.

faitement, on ne peut rien affirmer, on
ne peut rien nier, il faut suspendre son
jugement. Mais doit-on aussi suspendre
son jugement sur l'équivalence des antithèses ? Et si la nature des êtres consistoit dans l'antithèse, s'il y avoit dans
l'homme une antithèse primitive et ineffaçable, si l'homme lui-même en formoit
une avec l'univers, si tous les êtres en
recéloient une dans leur essence, l'existence des antithèses prouveroit dans ce
cas contre l'unité absolue ; mais l'existence des antithèses bien constatée ne
prouveroit pas le scepticisme.

Le scepticisme de Hume n'est pas
moins dogmatique que celui de Sextus,
et porte, comme ce dernier, son correctif avec lui. On sait que dans ses Essais
sur l'entendement humain, Hume pose
en fait que toutes nos idées viennent
des sens ; selon lui, les idées de l'entendement ou les notions ne sont autre
chose que des impressions sensibles,

partielles et affoiblies; ces impressions
sont toujours variables, contingentes,
passagères, phénoméniques; les principes ou les notions ne peuvent avoir
d'autre caractère que celui des impressions de qui elles dérivent. Nous ne
sommes donc pas autorisés à établir entre les phénomènes une liaison intime
et nécessaire, car les principes eux-
mêmes n'ont qu'une nécessité apparente
et trompeuse. Ainsi tout le système de
nos idées manque de réalité; c'est un
faisceau de représentations mobiles,
flottantes, éphémères; le lien qui les
unit, fruit d'une habitude singulière et
bizarre, est foible, et ne repose lui-
même que sur de vaines apparences.

On sent que toute cette théorie, qui
doit mettre en évidence qu'il n'y a rien
de certain, parce qu'il n'y a rien de nécessaire et d'universel, est bâtie sur une
assertion dogmatique et même sur une
décision tranchante. Son point de dé-

part est le principe le plus contesté et le plus contestable, savoir que toutes nos idées viennent des sens. Si ce principe est faux, tout l'édifice pèche par sa base et s'écroule : or, ce principe n'est rien moins qu'évident par lui-même. L'histoire de la philosophie n'est que le tableau des efforts des plus beaux génies, soit pour établir la vérité de ce principe, soit pour le renverser et lui substituer le principe opposé, que toutes nos idées ne viennent pas des sens.

Sextus et Hume ne sont pas moins dogmatiques dans les conséquences et les résultats de leur théorie sceptique, que dans leurs prémisses, et sont encore, à cet égard, en contradiction avec eux-mêmes.

Le sceptique, dit Sextus, s'abandonne aux impulsions de la nature, reçoit les impressions agréables ou désagréables, obéit aux lois et aux coutumes, enseigne ou apprend les arts, comme s'il pouvoit affirmer quelque chose avec certitude [1]. Ainsi la vie reste ce qu'elle est. Le sceptique la voit, la juge, l'emploie comme pourroit le faire le philosophe dogmatique. S'il se refusoit simplement à rien affirmer sur la nature absolue et sur l'essence des êtres, on ne pourroit pas lui opposer l'espèce de contradiction qui se trouve entre ses maximes et ses actions, mais il prétend ne pouvoir rien affirmer, et on est fondé à lui demander s'il n'affirme pas du moins le fait des impulsions de la nature, les impressions qu'il reçoit d'elles, l'existence des lois, des coutumes et des procédés techniques qu'il suit dans ses actions? Nous répond-il que ces objets l'affectent comme de simples apparences, nous lui demanderons comment il se fait qu'ils agissent sur la volonté au point de pro-

[1] Ὑφηγησις φυσεως, αναγκη παθων, παραδοσις γομων ϰ̓ ηθων, διδασκαλια τεχνων.

duire des actions, ou sont-ce des apparences qui enfantent des apparences?
Dans tous les cas il affirme du moins
ces apparences.

Hume est encore bien plus dogmatique que Sextus dans les résultats de
sa philosophie. Après avoir fait le pro-
cès à toutes les spéculations métaphysiques, et déclaré qu'il falloit y renoncer parce qu'elles ne donnent aucune
espèce de certitude; il excepte de l'arrêt général de proscription la connoissance des quantités discrètes et concrè-
tes, et celle des faits bien vus et bien
observés. On ne sauroit sans doute contester la certitude et l'importance des
sciences de calcul et d'observation; mais
est-ce au sceptique à le faire? Si les
idées de l'espace, du temps, du mouvement, qui servent de base aux travaux des mathématiciens, ne sont que
des impressions des sens, variables comme eux et phénoméniques comme tout

ce qu'ils nous transmettent, la certitude
des mathématiques paroîtra du moins
inexplicable. Si toutes les idées ne sont
que des apparences, auxquelles ne correspond rien de réel, si toute liaison
qu'on établit entre elles est un effet de
l'illusion produite par l'habitude, à quel
titre les faits doivent-ils avoir plus de
prix aux yeux des amis de la vérité, que
les spéculations abstraites? Les unes sont
un jeu d'impressions, les autres un jeu
de notions, et pour la science le résultat de toutes ces combinaisons est également nul.

Nous avons prouvé que la philosophie sceptique n'étoit jamais qu'un dogmatisme déguisé, et qu'elle portoit toujours en elle-même le principe de sa
destruction. Pour achever de l'apprécier à sa juste valeur, nous allons montrer que la sceptique porte toujours sur
trois suppositions, qui sont autant de
pétitions de principes.

Première supposition. Tout ce qu'on ne peut pas prouver est incertain. La proposition contraire seroit plus vraie: ce qui est certain n'a pas besoin d'être prouvé, il suffit de l'énoncer.

Pour qu'il y ait quelque chose de certain, fussent-ce les raisonnemens du sceptique contre toute espèce de certitude, il faut que la raison humaine ait un point de départ fixe et immuable. Sextus prouve très-bien lui-même que quiconque voudroit tout prouver, ne prouveroit rien. La chaîne des raisonnemens doit aboutir finalement à des faits primitifs, qui nous sont donnés comme le fait de notre existence, et qu'on ne peut nier sans se renier soi-même. La philosophie consiste à saisir dans l'unité du moi les faits primitifs, constans, universels, et d'y ramener les faits dérivés, variables, particuliers. Pascal a dit : il y a une force de vérité invincible à tout le scepticisme; il y a une impuissance de démonstration invincible à tout le dogmatisme. Cette pensée de Pascal est admirable, parce qu'elle trace d'une manière nette et précise la ligne de démarcation entre le doute et la certitude. Point de vérité dont on ne puisse douter, du moment où l'on n'entend par vérité que ce qui est démontré; car toute démonstration suppose une majeure, qui doit reposer elle-même sur une démonstration qui présentera le même caractère, ou qui partira de vérités tellement simples, évidentes, indubitables, qu'elles se refusent à toute espèce de preuve. La raison ne consiste pas dans le raisonnement seul; au contraire, le raisonnement tire toute sa force de vérités qui ne sont pas susceptibles d'être raisonnées.

Seconde supposition. Tout ce qui n'a qu'une vérité relative n'est pas vrai. Il y a une vérité différente de la vérité relative, et la première seule est la vraie

vérité. Qu'on essaye donc une fois de
définir la vérité absolue, ou qu'on cesse
de la mettre en avant, comme si on
l'avoit définie. Ce n'est pas l'absolu qui
nous a donné l'idée du relatif; mais c'est
le relatif qui nous a donné l'idée de l'absolu; et la notion de l'absolu elle-même
pourroit bien n'être qu'une idée relative, la négation de la relation. Toute
connoissance supposant un être qui voit
et un être qui est vu, n'est-elle pas essentiellement la connoissance d'un rapport donné? L'être n'est-il pas un miroir à facettes, qui, selon la nature de
l'intelligence qui le perçoit, dérobe nécessairement à cette intelligence certaines faces et lui en révèle d'autres?
Chaque intelligence saisit des vérités
relatives; mais comme tout rapport de
deux êtres tient à leur nature, et qu'il
ne pourroit pas exister entre deux autres, les vérités relatives qui forment la
part de chaque intelligence, sont bien
décidément des vérités. La vue de l'in-

telligence infinie elle-même ne seroit-
elle pas un rapport unique de l'univers
à elle, dans lequel tous les autres rapports sont donnés? Connoître les êtres,
ce n'est pas se les représenter tels qu'ils
seroient, s'ils n'étoient représentés nulle
part ni par personne. En vous accordant même que ce fût là connoître dans
le sens propre du mot, vous ne serez
pas plus avancé; si vous prouvez que
la vérité relative ne peut jamais équivaloir à la vérité absolue, ce sera placer la vérité hors des êtres intelligens,
et déclarer que la vérité et l'intelligence ne sauroient jamais se pénétrer, et
sont de véritables asymptotes. Alors il
n'y aura point du tout de vérité possible pour une intelligence quelconque.
Si vous convenez que de ce qu'un être
est représenté par une intelligence quelconque, il ne s'ensuit pas encore que
cet être ne soit décidément pas représenté tel qu'il est, pourra-t-on infirmer
toutes les connoissances humaines en

insistant sur ce qu'elles sont relatives?
On ne pourra peut-être pas assigner,
quand et dans quel cas la vérité relative coïncidera avec la vérité absolue, et
sera identique à l'être; mais peut-on
en conclure qu'elle ne l'est jamais? Ne
pourroit-on donc pas tout aussi légitime-
ment en conclure qu'elle l'est toujours?
Ainsi la preuve contre toute espèce de
certitude, tirée de ce que nos idées
sont relatives, ne prouve rien, ou elle
prouve trop; elle détruit toute idée
de vérité pour toutes les intelligences,
ou elle n'enlève pas à l'intelligence
humaine toute espèce de part à la vérité.

Troisième supposition. Tout ce qu'on
ne comprend et ne connoît pas à fond
est douteux; car l'on ne peut jamais
admettre ce qui est incompréhensible.
Le contraire est plus vrai. Pour comprendre quoi que ce soit, il faut toujours commencer par admettre quelque

chose d'incompréhensible. Comprendre
une idée ou une notion, c'est l'analyser
dans ses élémens primitifs; concevoir
un fait, c'est saisir sa génération, et le
ramener à d'autres faits de qui il déri-
ve. Cette analyse et cette génération
doivent s'arrêter quelque part, ou bien
l'on tomberoit dans le progrès à l'infini.
Elles s'arrêtent nécessairement aux faits
primitifs qui nous sont donnés dans le
sentiment du moi, c'est à-dire dans le
sentiment de notre propre existence,
et de l'existence de quelque chose qui
n'est pas nous. Ce sentiment que la raison respecte, et qui est la base de toute
certitude, n'est peut-être que la raison
enveloppée, et la raison dans ses plus
sublimes résultats n'est peut-être que
ce sentiment développé.

Telles sont les raisons d'arrêt qu'on
peut opposer à la raison humaine, quand
elle se jette dans la route du scepticisme.
Après avoir vu quels sont les principes

de ce genre de philosophie, il seroit intéressant de voir quelles sont les passions
où elle prend quelquefois sa source, et
de suivre ses effets dans les individus
qui la professent, et dans ceux qui sont
plus ou moins soumis à l'influence de
leurs idées. On verroit que le désir d'é-
branler les vérités de la foi, et celui d'assurer leur empire en calomniant la raison humaine; que l'égoïsme sensuel qui
concentre l'esprit dans la matière, et
l'égoïsme contemplatif qui se perd dans
des rêveries mystiques; que l'orgueil du
savoir et la vanité du paradoxe ont également conduit au scepticisme. L'indif-
férentisme ou le désespoir de l'esprit,
l'audace qui hasarde tout, et le décou-
ragement qui n'entreprend rien, ont été
tour-à-tour le résultat de cette fausse
philosophie.

Je me borne à deux réflexions; l'une
sur les rapports du scepticisme avec la
philosophie dogmatique; l'autre sur l'in-

fluence réciproque du scepticisme et du caractère moral.

La philosophie dogmatique a été la première, parce que l'homme a besoin de croire, et qu'il croit avant de douter. Les prétentions fastueuses des dogmatiques, leurs systèmes ambitieux, les démonstrations entassées les unes sur les autres pour conquérir l'Olympe de la vérité, ont dégoûté les esprits réfléchis de ces doctrines orgueilleuses. La philosophie dogmatique a enfanté le scepticisme, qu'une raison à-la-fois solide et modeste eût peut-être prévenu. L'homme a sûrement besoin de croire, mais ce besoin même peut amener le doute, car on doute afin de pouvoir croire avec d'autant plus de confiance et de sécurité. Le besoin de croire et l'esprit de doute résultent du même principe, de l'activité de la raison. La raison est une force active qui se consumeroit et se dévoreroit elle-même, si elle manquoit d'un objet fixe ; elle cherche quelque chose de déterminé et de positif, afin de s'y attacher fortement. Mais le doute occupe aussi l'ame et suppose même en elle une très-haute activité ; tant qu'on ne doute que pour s'éclairer, le travail de la raison sur la raison ou contre la raison absorbant l'ame toute entière, lui persuade que le doute sera pour elle un état satisfaisant. Quand le scepticisme a consommé son entreprise, et qu'il a successivement rongé, miné, réduit en poussière toutes les connoissances humaines, alors le besoin de croire se fera sentir de nouveau ; le sceptique rentrera sous l'empire des sens et de l'expérience, et le scepticisme pourra même enfanter de nouveau le dogmatisme le plus décisif et le plus hardi.

L'histoire des opinions humaines en offre des preuves nombreuses, et dans ces derniers temps, l'Allemagne en a donné un frappant exemple, au milieu des révolutions que la philosophie a subies. On a ébranlé tout ce que la raison avoit appuyé sur la base des faits ; on a dit que rien ne nous étoit donné avec certitude ; toutes les sciences humaines ramenées à de simples jeux de combinaison, ont été réduites pour la réalité à zéro. Les deux x invisibles qui, sous le voile, étoient les principes secrets de toutes les opérations de l'ame dans le système de Kant, dont l'un étoit l'inconnue cachée sous le sujet, l'autre l'inconnue cachée sous l'objet, et qui tous deux étoient censés donnés avec certitude, ont disparu sous le dogmatisme inexorable et despotique des successeurs de ce grand homme. Selon eux rien ne nous étant donné, rien n'existoit pour nous ; nous-mêmes n'existions pas dans un sens réel ; le vide étoit parfait. Alors ces philosophes ont dit que tout pouvoit et devoit être construit et produit ; partant du néant parfait, ou du point d'indifférence où vont se perdre le sujet et

l'objet, ils se sont mis à construire les
êtres, comme le mathématicien construit ses triangles et ses carrés. Rien
n'existant à leurs yeux, ils n'ont pas été
dans le cas de s'embarrasser, si leurs
constructions correspondoient à la réalité. La science et l'existence sont deve-
nues synonymes, et ces deux objets ont
paru parfaitement identiques. La science
a connu tout ce qui existoit, puisque
tout existoit par elle et pour elle; cette
science ne sort pas d'elle-même et trouve
tout en elle-même. A la vérité elle ne
gagne jamais à ses longues et profondes
discussions que sa mise, et cette mise
qu'elle croit avoir produite pourroit
bien lui avoir été donnée; mais si on
ne la chicane pas là-dessus, elle fera des
choses merveilleuses avec cette mise.
L'univers qu'elle créera sera le sien,
et toutes ses parties seront étroitement liées, mais cet univers n'existera
que dans les mots ou les signes du système, et prouvera que l'abus du scepti-

cisme peut engendrer l'abus du dogmatisme.

Ma seconde et dernière réflexion porte
sur l'influence réciproque du caractère
et de l'esprit. Elle n'est nulle part plus
frappante que dans le scepticisme. Ceux
qui ont de l'énergie et de la fermeté
dans le caractère, ont besoin de saisir fortement un objet quelconque et de s'attacher à quelque chose de fixe; le caractère corrigeant ou prévenant chez
eux les subtilités de l'esprit, les empêche
de tomber dans le scepticisme. Les hommes d'un caractère foible et qui ne savent
pas vouloir ont une affinité secrète avec
les incertitudes et les fluctuations de la
philosophie sceptique. D'ailleurs ils ne
demandent pas mieux que de trouver une
doctrine qui leur fournisse les moyens
d'excuser et de pallier leurs irrésolu-
tions. D'un autre côté, si la foiblesse du
caractère porte au scepticisme, le scepticisme augmente la foiblesse du caractère.

Si la force de sa tête, le malheur des circonstances, ou l'influence du siècle rendent, contre toute vraisemblance, sceptique un homme né avec un caractère
énergique, il est à craindre que le scepticisme ne détrempe et n'efface finalement cette énergie. Pour que la volonté
soit active et puissante, il lui faut de
puissans mobiles. Ces mobiles ne peuvent être que des idées ou des objets
qui lui paroissent certains et d'un prix
infini. Que sa conviction diminue, qu'il
en vienne à douter de la valeur, de la
certitude ou de l'existence de ces idées
et de ces objets, ils n'agiront plus sur
lui, il n'agira plus sur eux; car dans le
monde moral, comme dans le monde
physique, la réaction est toujours pro-
portionnée à l'action. De plus, les grandes pensées viennent du cœur ; bien
loin d'en faire un foyer de chaleur,
en y concentrant les rayons de la sensibilité, le scepticisme dissémine ces
rayons, les décompose par le prisme

de l'analyse , et leur ôte toute leur force.

Un esprit pénétrant et fin jusqu'à la subtilité peut obtenir des succès dans la science et lui rendre des services ; il ne vaut rien pour la vie active, surtout dans les momens qui demandent des résolutions promptes , de grands efforts, et des sacrifices difficiles. L'observation et l'action supposent des qualités tout-à-fait différentes. On a fait un excellent hygromètre avec un cheveu; on feroit avec un cheveu un bien mauvais cabestan.

L'histoire de la philosophie sceptique, et surtout l'histoire des subtilités philosophiques prouvent que l'énergie du caractère et le mouvement de la vie active en sont le préservatif le plus sûr. Du moment où elles se répandent chez une nation, elles deviennent bientôt le

poison du caractère et de la vie active;
ce sont des plantes qui ne croissent que
sur un sol appauvri, et l'appauvrissent
encore davantage.

ESSAI

SUR LE PREMIER PROBLÈME

DE

LA PHILOSOPHIE.

ESSAI

SUR LE PREMIER PROBLÈME

DE

LA PHILOSOPHIE.

———

L'histoire de la philosophie ne présente au premier coup-d'œil qu'un véritable chaos; les notions, les principes, les systèmes s'y succèdent, se combattent et s'effacent les uns les autres, sans qu'on sache le point de départ et le but de tous ces mouvemens, et le véritable objet de ces constructions aussi hardies que peu solides.

Ce défaut d'ordre, d'ensemble, d'unité qui fatigue le lecteur sans l'éclairer, tient en partie au défaut de précision de l'idée

même de philosophie. On l'a tantôt res-
treinte et tantôt étendue, toujours d'une
manière arbitraire et sans la tirer du
vague.

Pour les uns, elle a été la science des
phénomènes et de leur cause; alors elle
a eu une sphère immense; toutes les
autres sciences qui traitent des phénomènes de la nature physique et morale,
sont venues se perdre et se confondre
dans cette idée générale. Pour les autres,
elle a été la science des lois que la raison
et la volonté doivent suivre dans leurs
opérations et dans leurs effets, c'est-à-
dire, un simple instrument qui devoit
guider la raison dans la recherche de
toutes les vérités, et la volonté dans la
poursuite du souverain bien; alors son
domaine n'a embrassé que la logique et
la morale.

Tantôt on a supposé que toutes les
connoissances humaines ne reposoient

que sur des faits, et la philosophie a été
la science des faits généraux, constans,
primitifs, et l'esprit philosophique, l'art
de constater les faits, de les lier et de
les expliquer les uns par les autres. Tantôt on est parti de l'idée que tout ce qui
est du ressort de l'observation et de l'expérience formoit le champ de la physique, de la chimie, et de toutes les
sciences connues sous le nom de sciences
naturelles, et la philosophie a été simplement la science des notions, ou des
idées premières et directrices que l'ame
tire de son propre fonds, indépendamment de toute espèce d'expérience. Selon
le degré de réalité et de valeur qu'on
a accordé à ces notions, la philosophie
a été définie la science de la nature des
choses et de l'essence des êtres, ou la
science des principes des idées premières
et régulatrices qui sont les conditions de
toutes nos autres idées.

Ces différentes définitions qu'on a pla-

cées à la tête des différens systèmes de
philosophie, sont toutes ensemble plus
ou moins arbitraires. C'est ce qui arrive
toujours, quand le nom de la science
existe, avant que l'objet, la nature et
les limites de la science soient bien déterminés, et que chacun de ceux qui
se servent d'un mot y attache ses idées
particulières. Rien de plus vague dans
son origine que le terme de philosophie,
et cependant rien de plus simple que
son sens primitif. Rien de plus précis en
apparence que les définitions qu'on en
a données depuis cette époque, et cependant rien de plus vacillant et de plus
variable après un examen approfondi.

Le grand défaut de toutes ces définitions est de contenir presque toujours
une pétition de principes; on y suppose le problême que la science doit
résoudre, déjà résolu. On place dans la
définition, des notions qui ne peuvent
être que le résultat de la recherche que

l'on entreprend. Selon l'idée qu'on attache à la science, il se trouve qu'on l'a saisie ou qu'on l'a manquée, qu'on en a rempli le but ou qu'on ne l'a pas atteint. Du moment où cette idée première est sujette à contestation, l'édifice pèche par la base; tout le système n'a plus qu'une valeur de convention, nulle pour tous ceux qui ne veulent pas l'adopter; il faut toujours recommencer le travail à nouveaux frais.

On en peut dire autant de la définition de toutes les notions primitives, des notions de connoissance et de vérité. Dans les grandes et interminables questions de l'origine et de la réalité des connoissances humaines, de la vérité absolue et de la vérité relative, des moyens que nous avons pour atteindre l'une ou l'autre, tout dépend de la définition que l'on donne des termes du problème. On décidera la question à l'affirmative ou à la négative, selon le sens que l'on y atta-

chera. Pouvons-nous connoître quelque
chose avec certitude, et que pouvons-
nous connoître ainsi ? Nous est-il donné
de saisir dans un ordre d'objets quelconques, la vérité pure? Pour le savoir,
il faudroit savoir auparavant ce que c'est
que la vérité, ce que c'est que connoître.
On pourra facilement définir ces deux
termes, mais ces définitions seront gra-
tuites et précaires, et si l'on n'y prend
garde, on tournera dans un cercle vicieux. Pour résoudre le problême, il faut
déterminer et définir l'objet, et pour définir l'objet autrement que d'une manière arbitraire, il faut avoir résolu le
problême.

Dans les sciences physiques, dira-t-on,
on procède de la même manière, et cependant on procède sûrement. On dé-
finit la science que l'on va traiter, puis
on la développpe, on la prouve, on la
suit dans toutes ses ramifications : d'accord;mais ces premières définitions sont

le résultat d'observations et d'expériences bien constatées, et qu'on peut à volonté reproduire; elles-mêmes ne sont
le plus souvent que l'énoncé d'un fait
général. Quand on admet par hypothèse,
à l'entrée de recherches quelconques,
un principe ou un fait, afin d'essayer
d'expliquer des phénomènes de la nature qui avoient paru inexplicables, la
preuve de l'hypothèse ne se trouve qu'à
la fin de l'ouvrage, car elle n'est prouvée
qu'autant qu'elle explique les faits d'une
manière satisfaisante. Quelque légitime
et utile que cette méthode soit dans la
physique, on ne sauroit l'appliquer à
la science des principes. Dans la première, il ne s'agit que de lier les faits
ensemble et de les expliquer l'un par
l'autre; on y traite des questions particulières. Dans la seconde, il s'agit du
problême général qui se présente au
point de départ commun à toutes les
sciences humaines. La première définition de la philosophie ne peut donc pas

poser en fait ce qui est en question, et
le principe qui sert de base à tous les
autres, doit porter sa preuve en lui-
même et ne pas être une supposition
gratuite.

Pour cet effet, la philosophie doit nécessairement partir d'un fait, et non pas
de notions arbitraires. Quelque simples
et évidentes que paroissent les notions,
on peut toujours demander d'où elles
viennent, comment elles ont été formées ? On peut révoquer en doute leur
validité ; elles ne portent pas en elles-
mêmes leurs titres de créance, et l'on
est toujours tenté d'essayer de les définir. La notion primitive devroit du
moins, pour mériter d'être admise, s'annoncer comme un fait primitif.

Ce fait primitif ne doit en supposer
aucun qui soit antérieur à lui ; révélé à
tous les esprits attentifs et réfléchis par
le sens interne, inséparable de ce sens,

s'il ne le constitue pas, il existe parce qu'il existe. Un fait pareil peut seul servir de point d'appui à la philosophie.

Le philosophe ne peut pas suivre la même marche que le géometre. Ce dernier commence par des définitions, parce qu'il opère sur ses propres idées; il crée ses objets; il construit les êtres dont les propriétés sont l'objet de ses recherches; peu lui importe que ses figures ou des objets analogues à ses figures existent indépendamment de l'action par laquelle il les dessine, il lui suffit de les avoir produits. Le philosophe, au contraire, cherche ce qui est; l'existence est le but de ses travaux et le terme de ses méditations; il faut donc que primitivement quelque chose lui soit donné, et qu'un fait incontestable serve de fondement à ses principes et aux conséquences qui en dérivent.

Après avoir renversé par le doute

universel tout ce qu'il savoit, et détruit
tout ce qui avoit existé pour lui jusqu'à
l'ébranlement général de ses idées, Descartes fit, de la conscience de sa pensée
ou de sa propre existence, la première
pierre du nouvel édifice qu'il se pro-
posoit d'élever. On peut lui reprocher
d'avoir dit : je pense, donc j'existe, au
lieu de dire simplement j'existe; et d'a-
voir cru faire un raisonnement, tandis
qu'il ne faisoit qu'énoncer un fait. On
peut encore observer qu'il eût mieux
valu employer le terme de représentation que celui de pensée, parce que
l'un est plus général que l'autre, et que
l'homme a toujours des représentations,
quoiqu'il ne pense pas toujours. Mais
on ne sauroit contester à Descartes la
gloire d'avoir placé dans la conscience
ou dans le moi, le point d'appui et de
départ de la philosophie : elle ne peut,
et ne doit pas en avoir d'autre. C'est là
qu'il faut attacher toute la chaîne de nos
idées pour qu'elle ne flotte pas dans les

airs, et ne se perde pas dans le vide. Otez ce point, et tout s'abyme, parce que nous nous abymons nous-mêmes. Toutes les sectes sont obligées de convenir que nous avons la conscience de nos représentations, c'est-à-dire, de notre existence. Ceux même qui prétendent douter de tout, ne peuvent pas douter qu'ils doutent, car s'ils le disoient, on pourroit les amener d'aveu en aveu à convenir de la certitude d'un fait.

Ce fait de la conscience s'ébranche en deux faits, et se divise à sa racine en deux rameaux, ou plutôt ce fait, tel que Descartes l'a énoncé, est encore, dans sa simplicité, susceptible d'une sorte de décomposition. Quand on l'analyse, on trouve dans son unité apparente une synthèse primitive. Avec le sentiment du moi, il m'est donné en même temps le sentiment de quelque chose qui n'est pas moi. L'un et l'autre me sont donnés avec une égale nécessité et une égale cons-

tance. L'un est inséparable de l'autre;
ce sont deux élémens distincts de la conscience, et cependant toujours unis, qui
sont apercevables dans le même moment,
et qui ne peuvent pas être isolés l'un de
l'autre, parce qu'ils se supposent réciproquement. Quand je dis moi, je dis
en même temps qu'il ne s'agit pas de tout
ce qui n'est pas moi, et que je m'en dé-
tache; quand je dis, ce n'est pas moi,
j'énonce clairement que j'ai le sentiment
de deux existences différentes, et je divise en apparence ce qui, dans le fait,
est indivisible.

Il seroit très-inutile d'examiner si,
sans la conscience de quelque chose qui
n'est pas lui, l'homme auroit la conscience de soi; ou si, sans la conscience
de soi, l'homme auroit la conscience de
quelque chose qui n'est pas lui. Il suffit
de savoir que ces deux élémens nous
sont donnés dans le sentiment qui nous
constitue, et que ces deux idées sont tel-

lement corrélatives, qu'elles paroissent
n'être qu'une seule et même idée, énoncée de deux manières différentes.

C'est cette synthèse, ou plutôt cette
antithèse, que j'appellerois volontiers la
dualité primitive, qui me paroît être le
point de départ de toutes les sciences
humaines. La philosophie doit énoncer,
constater, préciser ce fait avec le plus
grand soin; elle doit tâcher d'y ramener
tout, et, par une marche inverse, essayer
d'en déduire tout, mais elle doit s'y arrêter comme à la racine première de tout
ce que l'homme peut et doit connoître.

On peut nier cette dualité primitive,
on ne sauroit la renier; on peut la contester aux autres, sans pouvoir jamais
ébranler sur ce point ni leur conviction,
ni la nôtre. Elle a donné naissance aux
distinctions connues du sujet et de l'objet, de la pensée et de la nature, de la
liberté et de la nécessité, de l'esprit et

de la matière, de la psychologie et de
la physique, en prenant ces mots dans
l'acception la plus générale. L'histoire de
la philosophie n'est autre chose que l'histoire des transformations que cette dualité primitive a subies, des explications
qu'on en a données et des rapports qu'on
a tâché d'établir entre les deux élémens
qui la composent.

Cette dualité primitive a été saisie du
moment où, par un acte de la réflexion,
l'homme s'est replié sur lui-même et s'est
aperçu lui-même, et de ce moment il
a existé pour lui deux mondes : le monde
intérieur de ses sentimens, de ses idées,
de ses actions, de ses facultés que le sens
interne lui a révélé, et le monde extérieur, le monde des autres êtres qui lui
ont paru agir sur lui, sur lesquels il paroissoit agir à son tour, et dont l'existence étoit séparée, distincte, indépendante de la sienne. Lui-même, miroir
de tout ce qui n'est pas lui, a été à ses

propres yeux le sujet dans lequel tout
va se peindre et se reproduire; et tout
ce qui n'est pas lui a été l'objet de son
activité et de ses forces. Le sujet, sentant
son activité propre, intérieure, spontanée, qui lui permet de commencer à
volonté une série d'effets, a eu le sentiment et l'idée de sa liberté. Les objets
qui composent le monde extérieur pa-
roissant avoir une existence différente
des caractères et des formes, qu'il dépen-
doit aussi peu de lui que d'eux-mêmes
de changer, et faisant sur lui des impressions qui ne sont pas de son choix,
lui ont donné l'idée et le sentiment de la
nécessité. Le monde de la nécessité obéis-
soit à un principe inconnu; ce principe
a reçu le nom de nature; le monde de
la liberté devoit avoir un autre principe, opposé au premier, et on l'a appelé ame. Tous les objets du monde extérieur offroient pluralité de parties,
figurées, divisibles, mobiles; cette pluralité est la matière. Le sujet, qui ne

consiste que dans la conscience de soi, présentoit toujours la même unité; cette unité incompatible avec les caractères distinctifs de la matière, est l'esprit. Le monde intérieur et le monde extérieur sont tous deux des objets intéressans, que l'esprit peut observer et étudier; de là les sciences naturelles et les sciences morales.

Cette déduction rapide devoit montrer comment le fait de la dualité primitive a produit les grandes divisions de la science; comment il se retrouve sous différens noms dans toutes les matières qui ont été traitées par les philosophes, et comment toutes les questions métaphysiques qui ont été élevées dans le monde, tiennent à ce fait premier. On sent qu'il ne s'agit pas ici de prononcer sur la nature de ces distinctions, du sujet et de l'objet, de la liberté et de la nécessité, de l'esprit et de la matière, mais de prouver que ces distinctions sup-

posent le fait primitif, et qu'il a pu conduire les hommes à les faire. Il se pourroit que, tout en partant du fait primitif,
on se fût égaré et qu'on eût été entraîné à
des combinaisons erronées et à de fausses
conséquences; mais les deux élémens du
fait primitif n'en seroient pas moins bien
constatés. Ainsi l'antithèse originaire du
moi, et de ce qui est hors du moi, a
fait admettre de bonne heure à l'homme
deux mondes différens : le monde de ses
représentations et le monde extérieur,
ou le monde des objets. Il est également
certain à ses yeux qu'il existe lui-même
et qu'il existe quelque chose de différent
de lui. La philosophie est la science de
ce fait primitif, l'art de remonter jusqu'à
lui, en procédant par voie d'analyse; ou
de partir de lui pour redescendre par
la méthode synthétique à tous les faits
particuliers.

Les deux mondes étant donnés, et la
réflexion les ayant séparés l'un de l'autre,

alors s'est présentée une question toute
simple, qui est en même-temps le plus
difficile de tous les problêmes, savoir:
comment lier ces deux mondes ? S'il y
a entre eux une correspondance mu-
tuelle, quelle est cette correspondance,
et comment la découvrir et la constater?
S'il n'y a point de correspondance naturelle et nécessaire entre les deux mondes,
comment nous en assurer? Le monde
extérieur paroît se manifester à nous
par les idées sensibles, mais nous-mêmes
découvrons quelquefois que nos idées
sensibles ne lui sont pas conformes et
analogues; et quels moyens avons-nous
d'établir avec évidence dans quelles circonstances elles lui sont conformes, et
dans quels cas elles diffèrent entièrement
de lui? Ne se pourroit-il pas que ces
deux mondes existassent l'un à côté de
l'autre sans se ressembler? Ne se pourroit-il pas qu'ils fussent entièrement semblables, sans que nous puissions en acquérir la certitude? Le moi peut-il saisir

ce qui est hors de lui, ou acquérir la conviction de l'avoir saisi ?

Le monde intérieur lui-même ne se révèle à nous que par nos représentations, et le sens interne nous fait apercevoir ses opérations et ses facultés; mais le monde intérieur est-il autre chose que mes représentations, ou est-il quelque chose de différent, quelque chose de plus ? Ne se pourroit-il pas que tout ce que je vois dans le sujet, fût l'effet de l'objet et lui appartînt, tout comme il se pourroit que ce que je crois voir dans l'objet, ne fût pas à lui, mais au sujet qui le considère ? Que sont ces conditions nécessaires et universelles, de toutes les représentations et de toutes les opérations du sujet, qu'il ne peut ni écarter, ni modifier, ni changer ? Relativement au monde intérieur ou au moi qu'elles gouvernent même à son insçu, je les appelle principes; relativement au monde extérieur dans lequel se trou-

vent des caractères constans et nécessaires, et des modes uniformes d'agir qui
paroissent correspondre à ces principes,
je les appelle lois de la nature. Que sont
ces principes ou ces lois? Quel est leur
genre de réalité? Appartiennent-ils à
l'un des élémens de la dualité primitive,
ou à tous deux? En un mot, comment
lier les deux mondes dont l'existence
nous est donnée dans la conscience de
nous-mêmes?

Ce problême ne s'est pas présenté à
l'esprit humain, le premier de tous. Les
questions qui roulent sur des faits particuliers ont long-temps occupé les hommes, avant qu'ils s'élevassent à cette question générale, de la nature du fait primitif, de ses élémens et des rapports
qu'ils ont entre eux; mais, s'il n'est pas
le premier dans l'ordre des temps, il est
le premier par son importance. Il semble qu'il soit le problême fondamental de
la science, que de sa solution dépende

toute espèce de certitude, que tant qu'il
n'est pas résolu, toutes les autres sciences
ne possèdent pas véritablement les richesses qu'elles croient avoir acquises,
et que ces prétendues richesses pourroient bien être des feuilles mortes. Depuis l'école d'Elée, jusqu'aux sectes les
plus nouvelles, tous les métaphysiciens
se sont occupés de ce problême; et tous
les systèmes ne sont que des essais plus
ou moins heureux de rétablir la con-
vergence et l'accord, dans la divergence
et la disparité des deux mondes, l'harmonie et l'unité dans la dualité du fait
primitif.

Ce besoin d'unité et cette tendance à
l'unité sont des traits caractéristiques de
l'ame humaine, et paroissent lui être essentiels. Le moi étant un par sa nature,
doit chercher l'unité et la communiquer
à tout ce qu'il produit et à tout ce qu'il
reçoit. Sans unité, point d'individu; sans
unité, point de jugement; sans unité,

point de raisonnement; sans unité, point
de vérité dans les sciences, point de
beauté dans les ouvrages de l'art, point
de perfection morale dans la conduite et
dans les actions. Telle est la loi de l'esprit humain. La plus grande unité possible exigeroit que toute la chaîne de
nos représentations, de nos idées, de
nos principes aboutît au fait primitif de
la conscience; mais nous n'aurions encore rien gagné. Ce fait primitif est composé de deux élémens : la conscience
a toujours offert une dualité dont les
termes paroissent également nécessaires,
et nous avons vu sortir de son sein, deux
mondes différens; comment y rétablir
l'unité parfaite ? La philosophie s'en est
toujours occupée, et toutes les théories
sur l'origine et la réalité de nos connoissances, sur la nature et la validité des
principes, n'ont jamais eu d'autre but
depuis Platon jusqu'à Bardili.

Les philosophes qui ont abordé la solution de ce problême fondamental de la dualité primitive et de l'unité, se partagent en trois classes, qui contiennent toutes plusieurs subdivisions.

Il n'y avoit que trois routes à choisir et trois partis à prendre, en traitant cette question.

On pouvoit admettre la dualité primitive, l'expliquer et la ramener à l'unité, en essayant d'établir une correspondance parfaite entre le monde intérieur et le monde extérieur; entre le moi et ce qui est hors du moi.

On pouvoit nier la dualité, et, en faisant disparoître un des termes, produire l'unité parfaite.

On pouvoit enfin constater le fait primitif de la conscience, reconnoître sa division originaire et ineffaçable, sans essayer même de l'expliquer, en se con-

tentant de prendre ce fait pour point
de départ de la philosophie.

Nous allons montrer que tous les philosophes, anciens et modernes, qui se
sont occupés de cet important objet, ont
saisi l'un de ces trois points de vue. On
ne sauroit assigner de place ici à ceux
qui nient tout, comme les pyrrhoniens,
ou à ceux qui n'affirment rien du tout,
comme les sceptiques; les premiers sont
en contradiction avec eux-mêmes, puisqu'ils attaquent la raison par des raisonnemens, qu'ils affirment avec certitude
l'incertitude universelle, et qu'une négation absolue et universelle se détruit
elle-même. Les autres qui suspendent
leur jugement sur tous les objets, doivent du moins convenir du fait primitif
de la conscience, s'ils veulent être con-
séquens; car cet acte même de la suspension du jugement sur tous les objets n'est pas concevable sans la distinction du moi et de ce qui n'est pas

moi, et supposent déjà qu'ils l'admettent.

I. Les philosophes qui admettent la dualité primitive, qui tâchent de l'expliquer et de la concilier avec l'unité, forment la première classe. Ils voient dans le moi le sujet des sensations, des sentimens, des idées, en un mot, le monde des représentations, dans tout ce qui n'est pas moi, le monde des objets, et ils prétendent que le monde des représentations peut être rendu conforme au monde extérieur. Selon eux, le sujet peut connoître la réalité des objets, de manière qu'il n'y ait plus de divergence entre eux, mais qu'ils se pénètrent, se confondent et soient équivalens l'un à l'autre.

Tous, convaincus que l'intelligence humaine peut, par la pensée, atteindre la réalité, ils diffèrent sur les moyens de la saisir. Tous ont reconnu dans le sujet ou dans le moi différentes facultés

II.

ou différentes manières dont le moi agit et opère, la sensibilité, le jugement, la raison ; l'une aperçoit ou sent, l'autre combine, la troisième conclut ; mais tous n'ont pas donné à ces facultés la même importance, ni le même rôle dans la grande tâche qu'ils ont entreprise. Tous sont convenus qu'il y avoit dans le sujet des conditions constantes et universelles de ses opérations ; dans l'objet, des caractères constans et invariables ; que l'un et l'autre offroient des conditions variables et passagères, et que c'étoit sur ce qu'il y a de permanent, et dans le sujet et dans l'objet, qu'il falloit asseoir leur correspondance et leur harmonie ; mais les uns ont fait plus d'attention au sujet, et les autres à l'objet.

Ces modes d'explication et de conciliation peuvent être ramenés à trois principaux.

Premier mode. Dans le moi, siége de

la pensée, dans le sujet, il y a des principes ou des notions nécessaires et universelles qui sortent de ses profondeurs,
s'annoncent, se montrent, se développent, lorsque les objets agissent sur les
sens, sollicitent ces principes à quitter
leur obscurité, et les provoquent en
quelque sorte à l'existence. Ces principes
doivent s'appliquer au monde des objets,
et ils sont la base du jugement et du raisonnement. Les intuitions et les sensations que les objets donnent à l'ame, ne
peuvent pas l'éclairer sur leur véritable
nature, et ne lui offrent que leur côté
phénoménique; mais en raisonnant sur
les principes, et en partant de là, l'ame
parvient à connoître la nature intime
des êtres; elle juge de ce qui est, par ce
qui doit être; une belle et parfaite harmonie s'établit entre le monde intérieur
des idées et le monde extérieur des objets, et la réalité des principes nous ga-
rantit la réalité de nos connoissances.
Platon, Descartes, Leibnitz ont résolu

le problême de cette manière. Leurs systèmes offrent des différences qui les caractérisent, et leurs idées des nuances
qui les distinguent. Ce n'est pas ici le
lieu de les indiquer ; il nous suffit dans
ce moment de savoir que ces trois sublimes génies ont fait la raison seul juge
de la réalité, ou plutôt source unique
de la réalité, et qu'ils ont admis des principes puisés dans la nature de l'ame, indépendans de l'expérience et d'une vérité absolue.

Second mode. Le moi, ou le sujet, ne
porte point en lui de principes, il n'a
que de simples facultés. Les objets font
des impressions sur lui, et tirent ses facultés de leur léthargie. Alors il rapproche, il compare, il observe des différences ou des ressemblances ; il généralise, il forme des notions, il juge, il
raisonne, et la réflexion du moi opérant
sur ce que les sensations lui transmettent du monde qui est hors du moi,

nous permet de saisir les réalités, et de former un ensemble de représentations, conforme et homogène à l'ensemble des êtres qui composent le monde extérieur. Aristote, Locke, Bonnet, Condillac, et leurs nombreux sectateurs, ont adopté ce second genre de solution, en le modifiant de différentes manières. L'un donnoit plus d'étendue et de pouvoir à la réflexion; l'autre réduisoit presque tout à la sensation, en lui faisant subir de singulières métamorphoses; tous se réunissoient à dire qu'il faut l'action et le concours de la réflexion, pour que l'ame puisse parvenir à de véritables connoissances, et que les principes ne sont autre chose que l'expérience élaborée et généralisée.

Troisième mode. Le sujet et l'objet sont deux données certaines, mais deux données dont la nature et l'essence resteront à jamais inconnues. L'objet envoie au sujet des intuitions et des sensations; ce sont de simples apparences, des phénomènes; le sujet leur donne une sorte de réalité, en jetant les intuitions dans des formes qui lui appartiennent, et en leur appliquant des notions qu'il porte également en lui-même; il forme des jugemens, et il conduit ces jugemens aussi loin que possible, au moyen d'idées qui sont aussi son ouvrage. Tout ce qu'il y a de nécessaire et d'universel dans l'ensemble de nos représentations, tient uniquement au sujet et sort de son sein; tout cela est purement formel et régulatif. Tout ce qui est contingent, variable, particulier, est fourni par l'objet, comme une matière informe et brute. Les principes ne sont bons qu'à ranger, classer, distribuer, unir les phénomènes; ils n'ont en eux-mêmes aucune espèce de réalité, ils sont vides et dépourvus de toute espèce de signification, quand ils ne s'exercent pas sur le monde phénoménique. Les formes de la sensation, les notions de l'entendement, les idées de la raison se lient donc aux intuitions par une union secrète, mystérieuse, incompréhensible, et produisent la vérité de l'expérience. Tel est le résultat de la philosophie critique de Kant. Il part de la dualité primitive, prétend avoir tracé une ligne de démarcation précise et incontestable entre l'activité du sujet et celle de l'objet, et détermine la part de l'un et de l'autre au système de nos représentations. Tout en niant que le moi puisse se connoître lui-même, bien moins encore tout ce qui n'est pas lui, il place dans le monde intérieur l'acte par lequel les apparences du moi, où les formes s'unissent aux apparences qui s'échappent de ce qui est hors du moi, et c'est cette union singulière qui donne naissance à une sorte de réalité.

Ces trois modes différens d'expliquer l'origine des connoissances humaines, ne sont dans le fond que trois modes

de rétablir l'unité dans la dualité primitive, en déterminant les rapports qui
existent entre les deux élémens. La question : Pouvons-nous connoître les existences ? ne se seroit jamais élevée sans
les deux faits dans lesquels la conscience du moi se divise. Il me semble
que ces trois moyens de solution sont
les seuls que l'on puisse employer pour
arriver à un résultat quelconque. Ou
la conscience du monde réel est uniquement le produit du sujet, qui l'atteint par des principes nécessaires et
universels; ou la connoissance du monde réel est le produit des impressions
qu'il fait sur le sujet, et la réalité émane
de l'objet même; ou le sujet et l'objet
concourrent tous deux à produire la
connoissance, de manière que l'un fournit ce qu'il y a de nécessaire et d'universel, et l'autre ce qu'il y a de variable; la réalité que nous obtenons par
ce procédé n'est pas la réalité en soi,
mais la réalité telle quelle, qui est

faite pour l'esprit humain. Dans le premier systême, qui est celui de Leibnitz,
le pont qui lie les deux mondes et qui
rétablit l'unité, ce sont les principes;
dans le second, qui est celui de Locke,
ce sont les sensations élaborées par la
réflexion; dans le troisième, celui de
Kant, c'est la subsumption, ou l'acte
par lequel le moi reçoit les intuitions
dans les formes, et les ramène aux notions. Aucun de ces systêmes n'a obtenu
l'assentiment de tous les bons esprits, et
quelque invulnérable que chacun ait
paru à son auteur, chacun d'eux a son
côté foible, qui a été pour lui le talon
d'Achille.

Ainsi, Leibnitz a constaté l'existence
des principes nécessaires et universels
et prouvé l'insuffisance des phénomènes pour conduire à la réalité; mais
il n'a pas prouvé que ces principes
eussent une vérité objective, ni qu'en
combinant les notions qu'ils offrent,

on saisit en effet la nature intime des
êtres.

Ainsi Locke, qui déduit tout de la
sensation et de l'intuition élaborées, épu-
rées, sublimes, ne peut pas démontrer
que ces intuitions et ces sensations puissent nous faire connoître le monde extérieur, autrement que comme objet de
nos sensations, et qu'elles équivaillent à
la réalité. Locke n'a pas rendu raison
de la nécessité de l'universalité des principes; car des principes qui seroient les
résultats de l'expérience, ne seroient
jamais que des idées générales plus ou
moins contingentes, qui pourroient
avoir contre eux l'immensité des faits
inconnus. D'ailleurs dans ce système,
les idées générales sont des procédés de
l'esprit, des produits de la réflexion. Or
dans la nature, dans le monde extérieur,
il n'y a que des individus; il reste donc
toujours encore à découvrir et à constater ce qui, dans le monde des objets,

correspond aux idées générales du sujet.

Ainsi Kant a tiré une ligne de démarcation entre le sujet et l'objet; il a
placé dans l'un les conditions nécessaires et universelles de la sensation et
de la pensée; dans l'autre, les matériaux
de la sensation et de la pensée, et la
vérité dans l'union de ces deux élémens
de la représentation; mais il a tranché
le nœud au lieu de le délier, et il a
posé en fait ce qui étoit en question.
On chercheroit en vain dans ses ouvrages, pourquoi l'objet ne peut pas être
la source de jugemens nécessaires, et
ne peut offrir rien de constant ni d'universel, et pourquoi le sujet, qui n'est
pourtant lui-même qu'un objet ou un
phénomène à ses propres yeux, quand
il sonde ses profondeurs pour y trouver
les formes et les catégories, a seul la
prérogative de produire ce qu'il y a de
nécessaire et d'universel dans nos re-

présentations. De plus, la philosophie
critique sépare tellement le sujet de l'objet, qu'elle élève entre eux des barrières
qui l'embarrassent beaucoup elle-même,
quand il s'agit de rapprocher l'un de
l'autre pour les mettre en contact, afin
qu'ils concourrent aux mêmes affaires.

On ne voit pas comment deux objets,
aussi hétérogènes que le sujet et l'objet, peuvent se chercher et se trouver
l'un l'autre; comment le sujet sort de sa
majestueuse nécessité, pour contracter
une mésalliance avec l'objet phénoménique? ou comment l'objet phénoménique ose aborder le sujet, et peut le
forcer à lui communiquer ses préroga-
tives et à lui donner son empreinte. Le
fait est certain. La communication a lieu
dans chaque instant, mais c'est la raison du fait que nous demandons, et on
ne nous la donne pas. Enfin, il est clair
que ce système purement subjectif ne
peut nous conduire à aucune espèce

de vérité objective. L'objet n'est rien
sans le sujet; le sujet est vide, impuis-
sant, stérile, sans l'objet; la conclusion
la plus naturelle n'est-elle pas, qu'ils
ne sont ni l'un ni l'autre quelque chose
de réel? Veut-on la réalité, on s'adresse
à l'objet qui vous renvoie au sujet; on
interroge le sujet, il vous renvoie à l'objet.
On diroit deux débiteurs insolvables, qui
sont d'accord pour se moquer de leur
créancier, et qui lui donnent finalement
du papier sur un tiers, dont le crédit tient
au leur, la réalité de l'expérience.

Ces réflexions sur les différens systêmes, qui ont voulu concilier la dualité originaire du fait primitif avec l'u-
nité, et lier les deux mondes pour y
rétablir l'harmonie, seroient susceptibles de grands développemens. Pour le
moment il suffit de les présenter dans
leur énoncé général.

Cet énoncé prouve ce que la fortune

partielle et éphémère de ces systèmes pouvoit déjà faire soupçonner, c'est que, malgré les efforts et les tentatives de ces hommes de génie, les deux élémens du fait de la conscience reparoissent toujours dans leur opposition désespérante. Le monde des représentations et le monde extérieur sont toujours encore séparés par un abyme, ou plutôt ils ont ensemble des communications dont il ne nous a pas été donné de constater la nature, de déterminer le mode et de démontrer la solidité.

Le peu de succès de ces tentatives, faites par les esprits les plus sublimes dont s'honore l'espèce humaine, et la connoissance des difficultés que présente ce genre de solutions, ont déterminé d'autres philosophes à résoudre le problème d'une manière plus hardie. Ils ont nié que l'unité du moi présentât en effet une dualité primitive, et soutenant que cette dualité n'étoit qu'apparente, ils ont essayé de faire disparoître l'un des termes qui la composent, et de reproduire l'unité parfaite.

II. Les philosophes qui ont suivi cette route, forment la seconde classe de ceux qui se sont occupés de la question primitive et fondamentale, de la base de toute science. A leurs yeux la dualité ne pouvoit pas être le premier fait et le premier principe; les deux élémens qu'elle offre se supposant l'un l'autre, n'avoient tous deux qu'une existence relative et une valeur conditionnelle; la science humaine devoit reposer sur quelque chose d'absolu et de nécessaire, et il n'y a de nécessaire et d'absolu que ce qui est un. C'est donc l'unité entière, absolue, parfaite, qu'ils ont tous cherchée et qu'ils prétendent avoir trouvée; mais ils se partagent dans le choix des moyens qu'ils ont employés pour y parvenir, et ils n'ont pas pris tous la même marche.

I. Selon les uns, il n'y a qu'une seule
existence, qu'une seule substance, dont
toutes les autres existences et toutes les
autres substances ne sont que des modifications. C'est toujours une seule et
même existence qui présente différentes
apparences, qui montre tantôt une de
ses faces, tantôt une autre, et qui revêt
autant de formes qu'il paroît y avoir
d'êtres dans l'univers. Le moi, et ce qui
n'est pas moi, ne sont que cette substance unique et absolue, envisagée sous
deux points de vue opposés. Le caractère constant du moi est la pensée; le
caractère le plus constant du monde
extérieur, de ce qui n'est pas moi, est
l'étendue. La pensée et l'étendue sont
deux attributs distincts de l'existence
absolue et primitive. La pensée qui pense
la substance unique, n'est qu'une pensée de cette substance; l'étendue que
la pensée se représente, n'est encore
que cette même substance, considérée
d'une certaine manière par une partie

d'elle-même; il n'y a donc pas deux mondes, il n'y en a qu'un seul. L'univers tout entier est absorbé par la grande et absolue existence de la substance unique. Quelque bizarre que ce système paroisse à un œil non prévenu, quelque difficile même qu'il soit de l'énoncer clairement, ce système est un des plus anciens systèmes de philosophie. Xénophanes le conçut le premier dans un état encore imparfait; il a reparu élaboré et modifié à différentes époques de l'histoire de l'esprit humain. Tel que nous l'avons présenté, il est l'ouvrage de Spinosa, d'une des têtes les plus fortes et d'un des esprits les plus profonds qui aient abordé le problème générateur. On le nomme quelquefois le panthéisme, parce que plusieurs de ceux qui l'ont soutenu, et entre autres Spinosa, appeloient la substance unique Dieu.

II. D'autres ont modifié ce système en

lui conservant son principe fondamental, qui est l'unité absolue. Ici s'offrent
les philosophes qui, voyant encore dans
la pensée et dans l'étendue un reste de
la dualité qu'ils vouloient effacer entièrement, n'ont pas voulu donner ces
deux attributs à la substance première.
Il y en a qui ne lui laissent que l'étendue, et ce sont les unitaires matérialistes; il y en a qui ne lui laissent que la
pensée, et ce sont les unitaires idéalistes.

Les premiers disent que la matière
est tout, ou que tout n'est qu'une seule
et même matière différemment arran-
gée, distribuée, figurée, organisée, mais
conservant toujours son caractère primitif et ineffaçable. Le sentiment et la
pensée ne sont que des effets ou des
modifications de la matière. Le moi n'est
qu'un phénomène passager, sans consistance et sans réalité, qui par une
illusion croit se sentir différent dans son
principe et dans son essence, de ce qui

n'est pas lui, tandis que dans le fait ils ont tous deux la même nature. C'est de la matière que le moi est sorti; c'est dans son sein qu'il va se perdre et s'abymer sans retour. Cette doctrine étoit celle de tous les philosophes anciens, connus sous le nom d'atomistes. Depuis Leucippe, Démocrite, Epicure, jusqu'aux matérialistes françois, tels que Diderot, La Mettrie, et l'auteur du Système de la Nature, qu'on appelleroit à juste titre les enfans perdus de la philosophie, ce système a été souvent reproduit.

Les seconds, que j'ai nommés unitaires idéalistes, placent dans la pensée le caractère essentiel de la substance unique; ce n'est pas la conscience de tel ou tel individu apparent, bien moins encore la conscience de telle ou telle représentation, mais la conscience prise dans sa plus haute généralité, qui est leur point de départ, ou plutôt le point auquel tout aboutit. C'est la conscience, considérée dans un isolement parfait de tout ce dont elle peut avoir la conscience, à laquelle ils s'élèvent. Ils y arrivent par l'échelle des abstractions les plus fines et les plus subtiles. Du dernier échelon, qui est si délié qu'on ne peut l'apercevoir que par le don de l'intuition intellectuelle, ils s'établissent, non dans le vide comme on pourroit le croire, mais au sein de l'absolu; ils en sortent par une suite d'actes libres de leur toute-puissance pour construire l'univers phénoménique, pour recréer les individus et pour engendrer toutes les sciences. L'absolu n'a tout englouti que pour rendre sa proie; on a tout anéanti, on s'est anéanti soi-même comme individu, afin d'enrichir l'absolu; il faut qu'il reconnoisse ce service en reproduisant tout. Ce système est celui de l'idéalisme transcendant.

Tels sont les différens essais qu'ont

faits des hommes à qui l'on ne sauroit disputer de s'être égarés laborieusement pour détruire un des élémens de la dualité primitive, et pour obtenir l'unité parfaite. Tous ces essais ont été malheureux, et cachent, sous les dehors de la démonstration, des pétitions de principes continuelles. La chaîne que ces systèmes prétendent former offre des endroits bien foibles, et ne tient même qu'à un mot vide de sens.

La dualité primitive renaît toujours des efforts mêmes que l'on fait pour la détruire. Les unitaires voyent toujours reparoître le moi et ce qui est hors du moi, la pensée et la nature; et ils ne peuvent pas se débarrasser de cette dualité, bien moins encore la faire oublier aux autres. Ils ne peuvent pas même expliquer dans leur système, comment et pourquoi elle se montre toujours de nouveau avec des formes déterminées, précises, individuelles. Le génie de Spinosa lui-même y a échoué. On ne peut pas obtenir du moi, de concevoir et d'adopter un système qui l'anéantit, car enfin, pour concevoir et adopter un système, il faut penser, et le moi est inséparable de la pensée. La conscience est plus certaine et plus évidente que tout le reste, car tout le reste ne peut être évident et certain que par la cons-cience et dans la conscience. L'indivi-dualité dont il est impossible de se dé-tacher entièrement, est non seulement une énigme insoluble dans le système des unitaires, mais encore une contra-diction formelle et palpable.

Etes-vous unitaire matérialiste? Vous rencontrerez l'unité de la pensée dans votre chemin, et vous ne pourrez ja-mais expliquer l'unité de la pensée par la pluralité des parties de la matière; vous ne pourrez pas même les concilier ensemble. Etes-vous unitaire idéaliste? vous croirez sauver le moi, mais ce ne

sera qu'en apparence, car dans votre
creuset dévorateur il se dissoudra et se
volatilisera comme tout le reste ; et
quand vous conserveriez le moi dans
son intégrité, et quand vous vous ac-
corderiez à vous-même une existence
individuelle, vous ne serez pas plus avancé; vous ne pourrez jamais, ni vous défaire de la nature et de l'univers, de
tout ce qui n'est pas vous, ni le déduire
et le dériver de l'action libre du moi.
En supposant même que vous puissiez
prouver que le moi produit les êtres,
et que l'action primitive de la pensée
est le point de départ de la philosophie, ce qu'il y a de plus difficile vous
restera encore à faire : il faudra expliquer comment cette action produit des
individus, et tel individu plutôt que
tel autre. La nécessité de la nature,
que la liberté de la pensée rencontre
sans cesse sur son chemin, ne peut pas
être un résultat de cette liberté vague
et indéterminée. Le mot de l'énigme est

que le monde des objets nous est donné comme le sujet lui-même ; le moi et ce qui n'est pas moi sont inséparables. Et si rien ne nous avoit été donné, la pensée ne pourroit jamais rien construire, car elle ne sauroit emprunter ses matériaux d'elle-même, et tirer en quelque sorte l'univers de sa propre substance.

De plus, en examinant le système des unitaires idéalistes, il ne faut pas oublier que les notions de l'unité, de l'absolu, de l'existence, du nécessaire, leur sont indispensables pour élever leur orgueilleux édifice. Or ces notions n'ont qu'une valeur conventionnelle, tant qu'il n'est pas décidé si elles sont de simples représentations des objets idéals, ou si dans les objets du monde extérieur elles trouvent leur type primitif, et par conséquent leur réalité. Sont-elles des notions régulatrices, que nous formons par un besoin de la pensée

pour donner à l'ensemble de nos représentations le plus haut haut degré
d'ordre et de liaison? ou pouvons-nous,
à l'aide de ces notions, prononcer légi-
timement sur la nature des êtres? C'est
là le problême qu'il faut résoudre, avant
d'avoir le droit de partir de ces notions
pour élever un système de métaphysique.

Les théories que nous venons d'ex-
poser, et par lesquelles on a tâché de
faire disparoître la dualité primitive et
de rétablir l'unité parfaite, épuisent
tous les modes possibles de solution.
Elles-mêmes manquent de solidité, présentent des difficultés insolubles, et ne
sont toutes rien moins que démontrées.
Si l'on a pris tous les chemins qui paroissent devoir mener au but, et qu'aucun d'eux n'y ait conduit, que reste-
roit-il à faire? Partir de la conscience
du moi, y constater la dualité primitive, et l'admettre sans entreprendre de

la ramener à l'unité parfaite, ni même de déterminer les rapports des deux élémens entre eux, et la part de chacun d'eux à tout le système de nos représentations.

Sans doute, ce seroit renoncer à décider définitivement la question de l'origine des principes, de leur vérité absolue ou de leur vérité relative; mais si tous les modes de solution avoient été tentés sans succès, ne vaudroit-il pas mieux renoncer à l'entreprise, que de tourner toujours dans le même cercle? L'objet et le sujet nous sont donnés, de l'aveu de la plupart des sectes; nos représentations sont le produit ou l'effet de l'action combinée de l'un et de l'autre. Nos représentations sont donc le résultat d'un rapport quelconque entre les deux mondes, entre le moi et ce qui n'est pas moi. Les deux termes du rapport ne nous sont pas assez connus pour déterminer avec précision et avec

rigueur sa nature et ses effets. Toutes
les fois que nous essayons de le faire,
nous essayons en quelque sorte de sortir de nous-mêmes, nous perdons le
point d'appui de la conscience, et nous
en cherchons vainement un autre.

Au-delà de la dualité primitive, il n'y
a rien que de vague, ou plutôt on trouve
le vide parfait. Cependant il faudroit
qu'il y eût quelque chose de réel pour
que nous pussions résoudre heureuse-
ment la question de l'origine des principes. Ce travail supposeroit qu'on peut
se placer dans un point de vue plus élevé
que les principes, et qu'il y a quelque
chose au-dessus d'eux. Dans ce cas, il
faudroit admettre ou d'autres faits ou
d'autres principes. Les faits que nous
aurions regardés comme primitifs ces-
seroient donc de l'être, et nous leur en
substituerions d'autres, mais nous éle-
verions bientôt sur ceux-ci les mêmes
doutes et les mêmes difficultés. Les prin-

cipes, quels qu'ils soient, devant être les conditions nécessaires et universelles de toute pensée, nous ne pouvons rechercher leur origine sans penser; nous ne pouvons penser sans les admettre et les supposer. En s'occupant de ce problème, il est donc inévitable de tomber toujours dans une pétition de principes.

Il suffit, pour le progrès des sciences, de constater les faits primitifs et de trouver dans la conscience du moi des principes nécessaires et universels. Ce travail est déjà assez difficile pour occuper les esprits les plus profonds. Il n'est pas moins difficile de ramener tous les faits à ces principes, d'appliquer les principes au plus grand nombre de faits possibles, et de leur donner ainsi le plus haut degré d'harmonie, de liaison, d'unité. Ce travail est immense, car le monde des idées et le monde des objets, l'homme et la nature sont inépuisables en phénomènes. Il a fallu des siècles pour ébau-

cher ce travail, il faudra des siècles pour
le perfectionner; aucun siècle ne verra
son plus haut degré de perfection, et
n'achèvera ce superbe travail; mais si
les individus meurent, l'espèce humaine
est immortelle, on doit croire du moins
à son immortalité pour s'intéresser aux
progrès de la science. Cette science ne
sera sans doute jamais que la science
qui résulte des rapports d'une intelligence donnée avec une nature donnée;
l'ensemble de nos connoissances ne sera
jamais que l'ensemble des connoissances
humaines; mais que voulons-nous, que
pouvons-nous vouloir de plus? Hommes,
nous ne pouvons pas juger et raisonner
comme si nous n'étions pas hommes, ni
savoir comment nous verrions les choses,
et comment nous nous verrions nous-
mêmes, si nous n'étions pas nous. Il se
peut que la plupart de nos idées soient
relatives, il se peut aussi qu'il y ait dans
quelques-unes de ces idées beaucoup
plus de vérité absolue que nous ne pou-

vous le constater. L'essentiel est que dans le point de vue qui est propre à l'entendement humain, nous raisonnions avec justesse, et donnions à nos connoissances le plus haut degré de perfection possible. L'esprit humain ressemble à l'Anthée de la fable; ce géant avoit des forces tant qu'il avoit les pieds sur la terre, il les perdoit dès qu'on le soulevoit dans les airs, et qu'on lui ôtoit son point d'appui. Le point d'appui est pour nous la conscience. Au-delà de notre sphère, nous ne pouvons plus respirer et nous nous étouffons dans le vide.

ESSAI

SUR L'EXISTENCE,

ET SUR LES DERNIERS SYSTÈMES

DE MÉTAPHYSIQUE

QUI ONT PARU EN ALLEMAGNE.

ESSAI

SUR L'EXISTENCE,

ET SUR LES DERNIERS SYSTÈMES

DE MÉTAPHYSIQUE

QUI ONT PARU EN ALLEMAGNE.

Dans le cercle éternel que décrivent l'homme et toutes les choses humaines, on a souvent remarqué que l'homme dont la condition est d'aller et de marcher toujours, dût-il revenir sur ses pas ne peut se reposer dans aucun état durable et permanent; quand il ne peut, pas aller en avant, il rétrograde, parce que rien ne répugne plus à sa nature que l'immobilité.

Que dans l'histoire du monde poli-

II. 9

tique, il n'y ait que des momens où l'ordre social soit ce qu'il doit être, où l'autorité n'existe que pour protéger la liberté, et où les lois ne soient que les conditions de son existence; que dans le tableau des destinées des peuples, les abus de la liberté dégénérant en licence amènent le despotisme, et que l'excès du despotisme amène un retour vers la liberté, on le conçoit; car le sort des peuples ne dépend pas uniquement de leur action propre et spontanée, mais de l'action de la nature et des circonstances.

Il semble que les sciences ne devroient pas présenter les mêmes phénomènes, et qu'indépendantes des événemens, leurs mouvemens, au lieu d'être ondulatoires, devroient, au contraire, les porter toujours en avant. C'est là, en effet, la marche des sciences physiques, elle est progressive; mais la philosophie ou la science des premiers principes ne paroît pas pou-

voir jouir du même avantage. La métaphysique a peu gagné depuis Platon et
Aristote. Elle a toujours tourné à-peu-
près dans le même cercle ; les prétentions, l'orgueil, le despostisme de la philosophie dogmatique, ont enfanté le pyrrhonisme qui est l'anarchie de la raison ;
et les agitations du pyrrhonisme ont
frayé le chemin au retour de la philosophie dogmatique qui est le despotisme
de la raison. Aussi peu que les peuples
persévèrent dans la véritable liberté civile et politique, aussi peu l'esprit humain se fixe-t-il long-temps dans une philosophie sage et modeste qui lui offre
à-la-fois des points d'arrêt et des points
de départ, qui circonscrit son activité
sans la paralyser, qui lui oppose des barrières, et lui laisse l'espérance de les re-
culer, sans lui donner celle de les faire
jamais entièrement disparoître.

Les phases diverses de la philosophie,
en Allemagne, depuis vingt ans, mettent

cette observation dans toute son évidence, et en donnent la preuve et l'exemple le plus frappant. La métaphysique a
subi, en Allemagne, une suite de révolutions qui présentent plus d'une analogie et d'un point de rapprochement
avec celles dont le monde politique a
toujours été le théâtre. L'école critique
avoit annoncé que la science des êtres
étoit inaccessible à l'esprit humain; que
la raison, soumise à une coupelle exacte
et sévère, avoit été trouvée insuffisante
pour ce grand œuvre ; et que la raison
pure, étant purement formelle, ne pouvoit prouver aucune existence , ni saisir
par elle-même une réalité quelconque.
Immédiatement après que la philosophie
eut achevé cette grande et décisive re-
connoissance, dont le résultat avoit été
de limiter le champ des opérations de
l'esprit humain, et de le resserrer dans
des bornes étroites, on a vu des philosophes plus hardis que tous leurs pré-
décesseurs, mépriser ce plan de campa-

gne retréci qui ne s'étendoit pas au-delà de l'expérience, s'engager courageusement dans le monde invisible, pour en faire le théâtre de leur activité et de leurs conquêtes, et, se plaçant au sein de l'existence absolue, non-seulement connoître les existences, mais encore nous montrer comment elles naissent et dérivent de l'existence absolue.

Il y a plus; c'est peu que le dogmatisme le plus hardi, le plus tranchant, le plus décisif ait succédé à la philosophie critique; c'est en invoquant les principes de cette philosophie, que les créateurs de ce dogmatisme ont exposé et établi leur système, et, à les entendre, l'idéalisme transcendant de l'un et la philosophie de la nature de l'autre, ont été entés sur les maximes et les résultats de la critique de la raison pure.

Quelles que soient les différences de ces deux systèmes, ils ont une base commune, c'est l'existence absolue; c'est relativement à cette base que nous allons proposer quelques doutes et quelques objections. Pour nous faire mieux comprendre, nous exposerons d'abord en peu de mots, les principes de la philosophie critique et des deux systèmes qui lui ont succédé; nous montrerons ensuite comment, d'un côté, la philosophie critique condamne et l'objet et les moyens de ces deux systèmes, et comment, de l'autre, elle a pu y conduire et leur prêter des armes; enfin, nous présenterons quelques réflexions sur les fondemens et le but de ces deux systèmes.

Exposé de la philosophie critique, de l'idéalisme transcendant, et de la philosophie de la nature[1].

La philosophie critique admet comme

---

[1] Kant, Fichte, Schelling, sont les auteurs de ces trois systèmes. Je les nomme une fois pour toutes dans un mémoire où il doit être question des choses et non des personnes.

un fait une dualité primitive, le sujet
et l'objet; le sujet est le principe de la
forme de nos représentations, il fournit,
comme faculté de sentir, les conditions
de la sensation, comme faculté de connoître, les conditions du jugement; l'ob
jet est le principe de la matière de nos
représentations; il nous donne des intuitions phénoméniques.

Il n'y a de réalité que dans l'expérience, et l'expérience résulte de l'application des notions de l'entendement
aux intuitions des sens extérieurs et du
sens interne.

Les notions sont vides de sens, et
n'ont aucune valeur, ne signifient, ne
donnent, n'apprennent rien, du moment où on les sépare de la matière que
les sens leur fournissent. La matière que
les sens fournissent n'offriroit rien de
nécessaire, d'universel, et point d'unité,
sans la forme que les notions lui don-

nent, et sans les caractères qu'elles lui
impriment.

Ainsi toute connoissance suppose l'u-
nion de la forme et de la matière, le
concours du sujet et de l'objet; il est
clair que le sujet et l'objet ne sont pas
les êtres réels, les êtres considérés en
eux-mêmes; nous ne connoissons le sujet que relativement à l'objet, l'objet que
relativement au sujet, sans connoître la
nature intime de l'un ni de l'autre.

A la vérité, il doit y avoir quelque
chose de caché sous le sujet et l'objet,
mais cette existence ou cet être quelconque nous est inconnu, et équivaut
pour nous à — x. Nous ne pouvons jamais espérer, et nous ne devons jamais
essayer de pénétrer jusqu'à lui, car les
sens ne peuvent pas nous le révéler, et
les notions ne sont applicables qu'au
monde phénoménique. Ce sont des aîles
qui ne portent plus dès qu'on s'élève

au-dessus de l'expérience ou qu'on tente
d'aller au-delà.

La raison ne sauroit ici nous rendre
de service ; elle n'est que la puissance
des idées inconditionnelles et absolues.
Par les lois de sa nature, elle tend toujours à donner à l'ensemble des représentations le plus haut degré d'unité possible. Pour cet effet, elle admet nécessairement certaines idées qui impriment
au système de nos connoissances, un
caractère de totalité et d'unité entière
et parfaite. Ces idées sont Dieu, l'univers, l'ame. Ces idées n'ont jamais qu'une
vertu régulatrice ; il ne faut pas les prendre pour des objets, bien moins encore
pour des êtres réels, elles ne peuvent
rien nous apprendre sur le monde invisible.

La liberté est le seul pouvoir de l'ame
qui ne soit pas relatif au monde phénoménique ; la liberté est le pouvoir de

commencer à volonté une série d'actions indépendamment de tout ce qui
pourroit l'amener ou la contrarier. C'est
du sein même de la liberté que naît la
loi du devoir. Cette loi, dont les intérêts doivent l'emporter sur tous les autres, et dont les prétentions sont im-
périeuses, nous impose la nécessité de
croire à l'existence de Dieu et à l'immortalité de l'ame.

Le sujet et l'objet jouoient tous deux
un rôle dans la philosophie critique;
mais celui que l'objet y jouoit étoit tellement subordonné, qu'on prévit de
bonne heure qu'il viendroit un penseur
assez hardi pour se passer de lui et le
mettre tout-à-fait de côté. C'étoit le sujet
qui, fournissant la forme de l'espace,
paroissoit créer la matière; c'étoit encore
lui qui, par le pouvoir magique de ses
notions, faisoit naître les substances et
les causes, et donnoit de la consistence
à la matière. Le sujet pouvoit en appa-

rence se suffire à lui-même; il étoit possible de le débarrasser de l'espèce d'auxiliaire qu'on lui avoit laissé dans l'objet, et qu'il sembloit avoir accepté plutôt par égard et par complaisance que par besoin. Le système de l'idéalisme transcendant prit naissance.

Dans les principes de ce système, le sujet seul est la source de toute réalité et de toute certitude. La seule proposition qui ait une certitude immédiate, c'est la proposition : Moi égal à moi. Elle porte sa preuve en elle-même, et sert elle-même de preuve à toutes les autres propositions. Ce sentiment du moi n'est pas une illusion, il constitue la pensée, et la pensée le constitue. Penser, c'est abstraire et réfléchir. Ces deux opérations se retrouvent partout et sont nécessaires à la formation des notions, des jugemens et des raisonnemens.

Pour penser le moi, il faut faire abs-

traction de tous les objets, et en détour-
ner les yeux; il faut ensuite réfléchir,
c'est-à-dire, se replier sur soi-même et
reporter les yeux sur ce qui a fait abstraction de tous les objets.

Cette manière de procéder ne suffiroit pas pour constater l'existence et la
réalité du sujet transcendant; on ne le
saisiroit ainsi qu'à moitié. Penser c'est
agir; penser le moi, c'est ramener l'action de la pensée sur elle-même, de façon
que l'être pensant et la chose pensée se
confondent dans un même aperçu.

Alors le moi se pose lui-même, par
un acte de sa liberté; et c'est cette action primitive qu'il faut bien distinguer
d'un fait primitif, qui est le principe générateur de la science.

Tout ce qui n'est pas moi, c'est-à-dire
l'univers, résulte de cet acte primitif;
tout ce qui n'est pas moi est l'antithèse
naturelle et nécessaire du moi, et l'ac-

compagne comme l'ombre accompagne
la lumière.

Ainsi, comme le sujet est, dans un sens
transcendant, la seule réalité, et que ce
sujet, par un acte primitif et libre, se
pose lui-même, il est clair que savoir et
exister sont une seule et même chose; ce
qui existe sait qu'il existe; ce qui sait ou
connoît est la seule existence.

L'idéalisme avoit fait disparoître l'objet, mais on pouvoit encore avoir des
doutes sur la nature et la bonté des procédés par lesquels le sujet se saisissoit
ou se posoit lui-même. On pouvoit attaquer la réalité transcendante du moi;
le moi, dans les principes de la philo-
phie critique, n'étoit qu'un phénomène
à ses propres yeux, et n'avoit de réalité
que dans son mariage mystique avec l'objet; le sujet, en tant que sujet déterminé, pouvoit difficilement être l'existence
elle-même dans toute sa pureté.

L'auteur de la philosophie de la nature fit un pas de plus, et le sujet qui avoit refusé à l'objet toute existence indépendante, qui l'avoit dépouillé et anéanti pour avoir l'honneur de le produire, le sujet lui-même disparut.

Selon la philosophie de la nature, il ne s'agit plus d'examiner si les choses hors de nous ont une existence réelle, ou plutôt s'il y a quelque chose hors de nous; mais il s'agit de savoir si nous-mêmes nous sommes un objet réel, dans le sens transcendant de ce mot. La vérité pure n'est pas la subjectivité absolue, la subjectivité absolue n'est pas la vérité pure; l'objet et le sujet sont des corrélatifs qui se supposent l'un l'autre, et dès qu'on enlève un de ces deux termes, l'autre s'évanouit avec lui; la vérité ne se trouve que dans l'existence absolue; il n'y a qu'une existence, une, éternelle, immuable. L'abstraction et la réflexion qui, dans l'idéalisme transcen-

dant, doivent conduire à cet acte pur
et libre par lequel l'être se pose lui-
même, sont des moyens lents et insuffisans; il faut débuter par l'acte pur et
libre; la philosophie est une création
entièrement indépendante à laquelle on
parvient en détruisant, l'un par l'autre,
ou l'un avec l'autre, le sujet et l'objet,
et en se plaçant sur le point où l'on est
également indifférent à tous deux.

Alors, par un acte appelé l'intuition
intellectuelle, on saisit l'existence absolue; cette existence est Dieu, le principe de l'unité et du bonheur. Cette existence est une; l'affirmer c'est la connoître, la connoître c'est l'affirmer. Votre
pensée individuelle, finie, limitée, exis-
te-t-elle toujours encore pour vous, et
ne pouvez-vous pas faire disparoître entièrement le sujet? Voudriez-vous, du
moins, rendre raison de son existence?
Si vous croyez avoir besoin de l'expliquer, c'est votre faute, pourquoi ne

vous êtes-vous pas assez détaché de votre moi individuel ? Pourquoi avez-vous conservé ces formes finies ?

Il y a identité parfaite entre la connoissance et l'existence ; il y a encore identité parfaite entre la forme et la matière ; mais on ne peut s'empêcher d'admettre dans l'existence absolue une antithèse véritable, c'est celle de l'unité et de la pluralité.

Qu'est-ce que cette antithèse, et d'où vient-elle ? L'être, en tant qu'unité parfaite, doit se manifester, et ne peut se manifester en lui-même ; il ne peut donc pas se manifester ou se révéler comme unité, il faut donc nécessairement qu'il soit lui-même et un autre que lui-même ; c'est une espèce de lien magique qui l'unit lui et un autre.

Quiconque voudroit rejeter ces idées seroit dans le cas de prouver, ou bien qu'il y a une autre existence réelle que la manifestation de soi, ou que l'unité parfaite peut exister sans se manifester.

Ainsi l'existence réelle et absolue consiste dans le lien qui joint l'unité et la pluralité : l'unité en tant qu'unité, la pluralité en tant que pluralité n'existent proprement pas; il n'y a que la copule, c'est-à-dire, l'existence pure et simple.

Tels sont les principaux résultats de la philosophie de la nature sous sa forme la plus nouvelle. L'auteur de l'idéalisme transcendant, afin de se soustraire aux objections que cette philosophie élevoit contre son système, a modifié ses principes; dans des écrits postérieurs, ou du moins a changé son langage. Son adversaire paroissoit lui être supérieur, parce qu'il se plaçoit plus haut, ou qu'il laissoit subsister encore moins de principes que lui; il a généralisé ses expressions, et en les généralisant, il s'est rapproché de son rival, tout en protestant contre toute espèce de rapprochement ou de parallèle.

Aujourd'hui on peut énoncer les assertions principales de l'idéalisme transcendant de la manière suivante.

Quand on fait abstraction du moi, ou de la conscience, en tant qu'elle est la conscience de telle ou telle existence déterminée, on fait abstraction de soi, comme individu; mais quand on se replie encore sur la conscience et qu'on réfléchit, on a la conscience de l'être ou de la vie universelle.

L'être est un, absolu, immuable; il n'y a point en lui de jeu ni de variation de formes; cet être est Dieu.

Les êtres raisonnables ne sont pas l'être absolu, mais ils sont liés avec lui dans les racines mêmes de l'existence.

Hors de Dieu, il n'y a rien ; nous-mêmes ne sommes pas substantiellement.

L'être divin n'est pas encore l'existence, il faut qu'il se manifeste par les existences ; l'existence est nécessaire pour que l'être paroisse l'être.

L'existence ne sera jamais l'être immédiat, mais une simple image de l'être immédiat ; la forme de l'existence est la conscience.

L'existence se saisit elle-même dans la réflexion et paroît même s'ébrancher en deux rameaux ; elle s'oppose à elle-même l'univers, qui est l'objet de la réflexion ; la réflexion peut s'étendre, se multiplier, se réfléchir à l'infini, et c'est ce qui produit l'infini de l'univers.

Le point de vue de la science fait seul comprendre comment on peut ramener à l'unité toute la variété infinie

des êtres, et comment cette unité enfante et produit cette immense variété.

Autant qu'il a été possible , c'est
avec les propres expressions des créateurs de l'idéalisme transcendant et de
la philosophie de la nature, que j'ai présenté une vue de ces deux systèmes. Cette
tâche n'est pas facile, quand on écrit
dans une langue qui ne permet pas qu'on
lui fasse la plus légère violence, et qui ne
se prête pas à convertir les qualités, les
états ou les actions, en substances ou en
êtres, métamorphose très-aisée et très-
commune dans les écrits des métaphysiciens allemands. En mettant l'article
devant un infinitif, ils changent ce qu'il
y a de plus indéterminé dans un être
déterminé, et l'on ne croiroit pas, au
premier coup - d'œil, quelle influence
décisive cette facilité quelquefois utile,
souvent funeste, a eue sur la philosophie.

Résumons, et, pour plus de netteté,
opposons l'un à l'autre l'idéalisme trans-

cendant et la philosophie de la nature.
Le premier de ces systèmes a commencé
par nier l'existence de tous les objets,
de tout ce qui est compris sous la dénomination de ce qui n'est pas moi, il a
tout ramené au sujet, et a fini par idéa-
liser le sujet même ; mais le sujet occupe
cependant encore une place importante.
La philosophie de la nature affirme al-
ternativement l'existence du sujet et de
l'objet ; ou plutôt elle nie alternative-
ment l'un et l'autre, de manière qu'il
ne reste rien que l'existence. L'idéalisme
transcendant procède par la voie de l'abstraction et de la réflexion pour arriver
à cet acte pur, libre, créateur, par lequel le moi se pose et s'anéantit ensuite
lui-même pour poser l'existence absolue, et cet acte porte dans ce système,
comme dans l'autre, le nom d'intuition
intellectuelle. La philosophie de la nature croit pouvoir se passer de l'abstraction et de la réflexion, et se contente
de la simple vue ; elle débute de prime

abord par l'acte créateur. Dans l'idéalisme transcendant, au commencement
la matière avoit été anéantie, l'intelligence seule restoit et produisoit tout;
dans la philosophie de la nature, l'intelligence et la matière disparoissent et
renaissent tour-à-tour, comme pour
prouver qu'elles ne sont rien ni l'une ni
l'autre; l'idéalisme et le matérialisme se
pénètrent et se neutralisent réciproquement; l'intelligence n'est que la matière
s'éclaircissant et se subtilisant peu-à-peu;
la matière n'est que l'intelligence s'obs-
curcissant et s'épaississant de plus en
plus; l'auteur de ce système sort de lui-
même par un acte de sa volonté pour
trouver, ou plutôt pour créer la nature,
la perd à son tour pour se retrouver
lui-même, retrouvant tout et perdant
tout, il ne garde rien; il ne lui reste que
l'existence infinie, c'est-à-dire, l'existence vague et indéterminée.

Après cet exposé des trois systèmes,

nous passons au second objet de ce mémoire, qui étoit de déterminer les rapports singuliers que l'idéalisme transcendant et la philosophie de la nature sou-
tiennent avec la philosophie critique;
d'un côté, cette philosophie les condamne, et ses principes sont incompatibles avec les leurs; de l'autre, cette
philosophie leur a frayé la route, et par
les vides qu'elle présente et par quelques-unes de ses assertions.

Il ne faut pas de longs développemens
pour prouver que les nouveaux systèmes
sont en opposition directe avec la philosophie critique; leurs principes, leur
but, leurs moyens, leurs résultats, tout
est entre eux, non-seulement différent,
mais diamétralement contraire.

Leurs principes; la philosophie critique part d'un fait primitif, elle admet
avec une entière confiance et même sans
examen préalable deux données qui lui

sont fournies dans la représentation : la
dualité primitive du sujet et de l'objet.
L'idéalisme transcendant et la philosophie de la nature n'admettent point de
données primitives, n'en veulent pas et
ne croient pas en avoir besoin. Ces systèmes partent d'un acte pur, libre, créateur; ils ne déduisent pas leurs théories :
ils les construisent arbitrairement.

Leur objet; la philosophie critique
veut expliquer l'origine de nos connoissances, et rendre raison de la certitude
de l'expérience; elle prétend avoir démontré que les jugemens synthétiques,
à priori, avec lesquels on avoit espéré
d'atteindre les êtres, ne sont qu'un jeu
de notions et ne donnent aucune réalité.
L'idéalisme transcendant et la philosophie de la nature, ne veulent rien moins
que saisir le mystère des existences, et,
au moyen de jugemens synthétiques,
nous dérouler l'être tout entier. Ces deux
systèmes supposent le problème de l'ori-

gine de nos connoissances résolu; mais
si la philosophie critique a bien résolu
ce problême, nous ne pouvons connoître
que ce qui nous est donné, et il ne nous
est donné que les phénomènes des sens
extérieurs et du sens interne; par conséquent l'objet des deux nouveaux systèmes est inaccessible à l'esprit humain,
et leur entreprise est chimérique. Si la
philosophie critique a mal résolu le problême de l'origine de nos connoissances,
il faut le reprendre et tâcher d'en donner une solution, avant que d'employer
des notions, telles que l'absolu, l'unité,
dont la valeur dépend de l'origine, et
dont l'origine dépend de la solution que
l'on demande.

Leur marche; la philosophie critique
procède par voie d'analyse, elle décompose les opérations de l'entendement et
leurs résultats, afin de pouvoir faire sa
part au sujet et à l'objet; l'idéalisme transcendant procède par la voie de l'abstrac-

tion et de la réflexion, et arrive finalement à l'intuition intellectuelle; la philosophie de la nature ne connoît d'autre
moyen de connoître que l'intuition intellectuelle par laquelle elle débute.

Leurs résultats; toutes les facultés de
l'homme n'ont été calculées que pour
mettre de l'ordre et le plus haut degré
d'unité possible dans le monde des apparences; elles ne peuvent saisir les êtres
en eux-mêmes; l'expérience résulte du
concours de la forme et de la matière;
la variété de la matière que l'objet fournit donne un contenu à la forme; la
forme donne l'unité à la matière; au-
delà du monde de l'expérience existe,
sans doute, un autre monde tout différent, mais il est impénétrable pour nous.
Au contraire, l'idéalisme transcendant
et la philosophie de la nature prétendent
y avoir pénétré, et nous le révèlent tout
entier; c'est du sein même de la réalité
que les auteurs de ces systèmes habitent

et où ils se sont placés par un acte de
leur toute-puissance, qu'ils font naître
les apparences, comme autant de reflets
d'une lumière pure, inaltérable, éternelle. La métaphysique est-elle possible?
avoit demandé la philosophie critique,
et elle s'étoit décidée pour la négative;
la métaphysique est trouvée, énoncée,
achevée, pour toute la durée des siècles
qui ne pourront que le reconnoître avec
gratitude et avec respect, s'écrient les
fondateurs des nouvelles écoles. L'esprit
humain peut atteindre l'absolu, disent-
ils, nous l'avons atteint et saisi, nous
le plaçons dans l'existence, dans la vie
universelle : au contraire, dans le point
de vue de la philosophie critique, l'absolu ou l'inconditionnel est une de ces
idées de la raison, qui n'ont point de
réalité objective et dont elle se sert pour
faire de l'ensemble de nos représentations un véritable tout; l'existence et
l'unité sont des notions de l'entendement qui n'ont de valeur et ne sont sus-

ceptibles d'application, qu'autant que
nous les appliquons aux perceptions
fournies par les sens.

Ainsi la philosophie critique contient
non - seulement la condamnation des
théories qui lui ont succédé sur l'horizon
philosophique de l'Allemagne, mais elle
condamne d'avance toute espèce de ten-
tative et d'essai de ce genre, tendant à
pénétrer le mystère des existences et la
nature intime des êtres. Elle n'a pas besoin de les examiner à fond, ni de les
juger séparément; elle a prononcé que
ces théories impliquoient contradiction,
et qu'il étoit impossible de réussir dans
la poursuite de ce but.

Ainsi l'on ne peut pas concilier la philosophie critique et les nouveaux systèmes, il faut opter; ou les principes de
la philosophie critique sont vrais et dé-
montrés, et les nouveaux systèmes n'ont
point d'objet réel, ou l'un de ces sys-

tèmes est vrai; ce qui supposeroit que
son auteur eût réfuté victorieusement et
renversé de fond en comble, au préalable, la philosophie critique; travail
qu'aucun d'eux n'a même essayé; bien
loin de là, l'auteur de l'idéalisme transcendant prétend même être parti de ses
principes, et il les invoque dans plus
d'une occasion.

On conçoit, en effet, parfaitement,
comment certains points de la philosophie critique ont pu conduire aux nouveaux systèmes et leur servir de points
de départ; en développant cette idée, qui
peut répandre du jour sur l'histoire des
opinions, nous indiquerons en même
temps quelques côtés foibles de la philosophie critique.

Premier point de passage. Cette philosophie part d'un fait; elle suppose
que le sujet et l'objet lui sont donnés;
mais en le faisant elle a l'air de faire une

supposition arbitraire, et dans le développement de son système, elle dispute
successivement la réalité au sujet et à
l'objet, et on se demande, que reste-t-il
donc de réel? Ceci exige explication.

Cette philosophie avoit reconnu, saisi,
et mis en saillie la dualité primitive du
moi et du non-moi, et elle avoit parfaitement établi que, pour déterminer
ce que nous pouvons connoître, et surtout si nous pouvons connoître ce que
les êtres sont en eux-mêmes, il falloit
distinguer d'une manière incontestable
ce qui, dans l'unité de la représentation,
appartient au sujet et ce qui appartient
à l'objet, et que nous ne possédions
rien que sous bénéfice d'inventaire, tant
qu'on n'avoit pas prononcé définitivement sur cette question.

Quand l'auteur de cette philosophie
n'auroit rendu d'autres services à la
science, que d'élever ce grand et éter-

nel doute avec toute la force et l'évidence possibles, et de prouver que tous
les philosophes jusqu'à lui avoient fait
une pétition de principes, en appliquant les principes avec une entière
confiance, avant d'avoir examiné leur
réalité, ou avoient résolu la question de
l'origine des principes d'une manière
peu satisfaisante, il mériteroit, de la
part de tous ceux qui pensent, une re-
connoissance immortelle.

Ce qu'il y avoit de plus difficile, n'é-
toit pas de constater la dualité primitive, mais de faire au moi, et au non-
moi, au sujet et à l'objet sa part, et de
la lui faire d'une manière rigoureuse et
irrévocable. Le principe dont l'auteur
de la philosophie critique s'est servi,
pour régler cette séparation de biens,
suppose que cette séparation de biens
s'est déjà faite ; tant qu'elle n'a pas eu
lieu, ce principe ne sauroit servir de
coupelle. Il a dit : ce qui est universel

et nécessaire dans nos représentations appartient au sujet; ce qu'il y a de variable et de particulier, appartient à l'objet, et la réalité résulte de la réunion de l'un et de l'autre; mais le sujet est un phénomène à ses propres yeux, sa nature intime lui est aussi inconnue que celle de l'objet; il est lui-même variable, dans celles de ses représentations qui nous paroissent constantes; il pourroit encore être soumis à d'autres variations possibles; on ne voit donc pas pourquoi le sujet doit être, plutôt que l'objet, le principe de ce qu'il y a de nécessaire et d'universel dans le système de nos représentations. Où donc est la réalité, si le moi est un phénomène, et le non-moi aussi un phénomène? Si vous le demandez, le moi vous renvoie à l'objet, car les formes, les catégories, les idées, ne sont rien sans la matière que les sens fournissent; mais d'un autre côté, si vous demandez la réalité à l'objet, l'objet vous renvoie au moi ou au sujet, car il n'y a aucune intuition possible sans les formes, aucun jugement ne l'est sans les notions, et la chaîne des raisonnemens va finalement aboutir aux idées. Quelle est la conséquence naturelle de ce renvoi mutuel ? c'est que le sujet n'est rien de réel, et que l'objet n'est rien de réel : que le moi est un phénomène, et que le non-moi en est un également. Comment l'union mystique de ces deux phénomènes, le mariage de ces deux ombres, pourroit-il enfanter la réalité ?

Jacobi, Reinhold, Maimon, avoient déjà senti tous trois que la philosophie critique, admirable quand elle détruit, n'étoit pas aussi heureuse quand elle construit à nouveaux frais. L'auteur de l'idéalisme transcendant a été frappé de voir que les deux fils du sujet et de l'objet, auxquels tient toute cette philosophie, flottoient eux-mêmes en l'air, et il a cherché un principe absolu et

unique, qui pût servir de base à des
constructions plus solides, et auquel on
pût rattacher la science, ou plutôt qui
l'enfantât toute entière.

Second point de passage. Quoique la
philosophie critique fît naître la réalité
du concours du sujet et de l'objet, on
ne sauroit disconvenir qu'elle n'ait une
sorte de prédilection pour le sujet, et
qu'elle ne lui ait fait la part la plus
considérable. Toute unité vient de lui,
et par conséquent tout paroît venir de
lui; car il n'y a point d'intuition sensible sans unité, point de jugement sans
unité, point de raisonnement sans unité. Les formes de l'espace paroissent
créer les corps, et avec eux tout le monde extérieur; les catégories, en s'appliquant aux phénomènes, donnent des
lois à la nature, et en le faisant semblent la créer ainsi que l'expérience.
La philosophie critique parle, à la vérité, toujours de la matière que les sens

fournissent; mais par une abstraction
hardie, on pouvoit essayer de s'en passer. Il n'y avoit plus qu'un pas à faire;
on étoit à moitié chemin. Jacobi prévit
et prédit qu'on tenteroit de tirer tout
du sein du sujet, et l'auteur de l'idéalisme transcendant justifia sa prédic-
tion.

Troisième point de passage. Les notions de l'unité et de l'existence ne sont,
sans doute, dans les principes de la philosophie critique, applicables qu'aux
phénomènes; l'idée de l'absolu ou de
l'inconditionnel n'a sans doute qu'une
vertu régulatrice, et n'a aucune réalité
hors du sujet qui l'emploie. Ces idées
devoient être le couronnement de l'édifice de nos connoissances; mais comme
la raison humaine ne peut pas se défendre de les employer, qu'elle n'opère
et ne peut opérer que par elles, comme
ces idées exercent une si grande influence sur tout le systéme de nos représen-

tations, et que ce n'est même que par leur vertu que l'unité systématique est possible ; on pouvoit facilement être conduit à commencer par elles le travail de la philosophie. Au lieu de les placer à la fin de ce travail, on pouvoit leur donner une réalité objective et en faire la base d'une théorie.

Quatrième point de passage. Le seul pouvoir du sujet, qui ne fût pas phénoménique dans la philosophie critique, étoit la liberté. Cette philosophie qui avoit besoin d'elle et qui ne pouvoit nier son existence, l'a traitée avec plus d'égard que la faculté de sentir et de connoître. Sans dire qu'elle constitue l'essence réelle du sujet, elle l'a placée dans le monde intelligible, et lui a attribué la puissance de commencer à volonté une série d'actions, indépendantes de la chaîne de la nature. La philosophie de la nature bornoit son activité à l'ordre moral ; les auteurs de l'idéalisme transcendant et celui de la philosophie de la nature, ont étendu cette activité au champ de la science, et c'est à la liberté qu'ils ont fait produire l'acte primitif qui sert de base à leur théorie.

Nous avons exposé et développé les rapports singuliers que les deux nouveaux systèmes ont avec la philosophie critique, et nous avons vu que, tout en refusant et en enlevant à toutes constructions de ce genre le terrain qui doit les porter, elle leur a fourni des instrumens et des moyens de construction. Il nous reste à présenter quelques doutes sur la base fondamentale de l'idéalisme transcendant et de la philosophie de la nature.

Cette base est l'existence; c'est d'elle que partent ces théories dogmatiques; elle est leur principe générateur, et quelque différentes que soient leur marche et leur cours, elles se réunissent dans cette source commune.

Premier doute. Il est certain que rien n'est antérieur à l'existence; l'existence, ce qu'il y a à-la-fois de plus simple et de plus incompréhensible, ne voit aucun principe, aucun fait au-dessus d'elle, puisqu'on ne peut parler d'aucun principe et d'aucun fait sans dire qu'il est.

Il résulte de là, qu'on ne peut démontrer aucune existence sans admettre déjà une existence donnée, bien moins encore démontrer l'existence en général; car tout raisonnement supposant quelque chose, suppose déjà l'existence.

Ce seroit une folie de vouloir définir l'existence. L'existence est simple et indivisible, et toute définition n'est que l'énumération des qualités que l'on distingue et que l'on aperçoit dans le sujet ; dans toute définition, on énonce ce qui est, on admet, on suppose déjà l'existence.

C'étoit sans doute une erreur de l'ancienne philosophie wolfienne, de croire qu'il y eût quelque chose d'antérieur à l'existence, et d'imaginer la définir en disant qu'elle est le complément du possible. C'étoit croire que le possible engendroit en quelque sorte l'actuel, ou que l'existence étoit simplement quelque chose qui venoit s'ajouter au possible. Les qualités ne pouvant pas exister sans exister, elles ne pouvoient pas précéder l'existence ; l'existence est donnée premièrement, et avant toutes choses elle donne les qualités.

Mais les systèmes nouveaux, tout en suivant la marche inverse à cette philosophie, ne donnent-ils pas dans une erreur tout aussi grande en faisant, de l'existence pure et simple, le premier principe de la philosophie? Ils séparent l'existence des qualités, tandis que les Wolfiens séparoient les qualités de l'existence; or il me semble que ces deux méthodes sont également stériles, et que l'une et l'autre donnent zéro pour résultat.

L'existence est inséparable des qualités, ou plutôt elle les constitue; si elle ne les constituoit pas, les qualités ne seroient que des mots; mais d'un autre côté, les qualités sont inséparables de l'existence, car sans elles l'existence ne signifieroit rien. C'est sans doute à la grande question des existences que se rattache toute la philosophie, mais c'est à la question : Qu'est-ce qui existe? Si vous séparez les deux termes de cette question, vous n'aurez qu'un jeu de notions sans réalité, ou la seule notion de la réalité.

Qu'est-ce que l'existence pure et simple, si l'on ne dit pas en même temps ce qui existe. Il est clair qu'il n'y a point de choses, si l'on ne peut pas affirmer leur existence; mais il est clair également qu'il n'y a point d'existence, s'il n'y a pas quelque chose qui existe. On ne peut pas dériver de l'existence pure et simple les qualités, à moins que ce ne soit déjà de l'existence de ces qualités; on ne peut pas non plus dériver de la notion des qualités l'existence, à moins qu'entre ces qualités on ne comprenne déjà tacitement l'existence.

Ainsi, il me semble que l'existence pure et simple ne sauroit être un principe de connoissance, le premier principe de la philosophie. L'existence et certaines qualités doivent être données en même temps. Quand on parle d'existence, on dit par cela même que quelque chose existe. L'existence pure et simple n'est rien, ne signifie rien, paroît être tout au plus un mot ou une notion, et sera à jamais stérile et vide.

Second doute. Cette existence pure et simple est l'existence universelle; mais sait-on ce que c'est que l'existence universelle, et peut-on attacher un sens quelconque a cette expression?

On y parvient, disent les auteurs des nouveaux systèmes, en faisant abstraction de toutes les existences individuelles et déterminées, ou plutôt en les anéantissant, et on saisit l'existence unique, éternelle, universelle, par l'intuition intellectuelle.

Je crois aussi que l'existence est une perception interne, immédiate, et c'est au fond ce que les auteurs des nouveaux systèmes nomment intuition intellectuelle.

On ne conclut pas son existence, de quoi que ce soit, comme on l'a déjà souvent remarqué, en réfutant le fameux enthymème de Descartes : je pense, donc je suis. Le sentiment ou la perception de mon existence est antérieur à tout ce que je distingue dans cette existence ; tout la suppose, et elle ne suppose rien. Sans ce point fixe et immuable, tout seroit dans une mouvance continuelle, dans un flux et un reflux non interrompu ; rien n'existeroit, car il n'existeroit pas même d'état. Ce que nous appelons un état, n'en est jamais un que relativement à une autre modification plus passagère, ou plutôt nous nous persuadons faussement qu'il y a des états, parce que nous ne faisons pas attention aux différences légères ou aux degrés des changemens, et que nous ne croyons que l'état change, que lorsqu'il change totalement.

Ainsi, la perception de notre existence est une perception interne, immédiate, ou, selon le langage de la nouvelle école, une intuition intellectuelle. Cette perception immédiate de l'exis-

tence est différente de la perception du
moi; car le moi n'existant qu'avec l'antithèse de ce qui n'est pas moi, suppose
que le moi se distingue du monde extérieur, ou du moins de ses propres représentations. La perception du moi
n'est donc pas une perception immédiate; elle est postérieure à celle de
l'existence, elle la suppose, et en est
en quelque sorte le premier développement.

Mais cette perception immédiate de
l'existence nous donne notre existence,
et ne nous donne rien au-delà; elle va
sans doute s'ébrancher dans les deux
rameaux, ou les deux divisions du moi
et du non-moi; mais comment peut-elle
nous donner la perception immédiate
de l'existence et de la vie universelle?

Seroit-ce par abstraction? ce seroit
sans doute l'abstraction la plus haute
et la plus subtile que celle qui, neutra-

lisant ou détruisant tous les sujets et tous les objets les uns par les autres, ne laisseroit subsister que l'existence. Mais que garde-t-on, en poussant jusques-là l'abstraction dans le cas même où elle seroit possible? Il ne reste plus de qualités; il ne reste plus d'existences positives et individuelles; il reste un mot dont on ne peut rien affirmer. D'ailleurs il ne faut pas oublier que l'abstraction est une espèce de mutilation, de déchirement de ce qui est; comment donc cette abstraction pourroit-elle jamais équivaloir à l'existence et être l'existence elle-même?

Trop souvent, comme on l'a dit, on prend la plus haute et la plus subtile abstraction pour ce qui est simple, et ce qui est simple pour ce qui est réel.

Seroit-ce par la vue ou par la contemplation? La perception de l'existence universelle seroit-elle cachée sous la per-

ception de mon existence? Il s'agiroit
de savoir s'il est possible de la découvrir, de la séparer de tout ce qui n'est
pas elle, et de la saisir dans sa pureté.
La vie pure et universelle n'offre rien
de déterminé, tant qu'elle s'annonce et
se déguise dans le moi, et qu'elle est cachée derrière lui. On ne peut donc pas
la considérer, et toutes les fois qu'on
croira le faire, on ne fera que contem-
pler le type dans lequel elle est ense-
velie, ou plutôt son contraire, son antithèse, le non-moi.

Sera-ce par le sentiment? Mais le sentiment est une affection du sujet; et dans
le système où le sujet est anéanti, comment l'existence universelle, que, de
l'aveu des auteurs des nouveaux systèmes, on ne saisit qu'après avoir détruit
le sujet et l'objet, pourroit-elle se manifester par une affection du sujet? et puis,
dès qu'il s'agit de sentiment, les illusions
ne sont-elles pas faciles et naturelles?

Comment pourroit-on être sûr de s'en être préservé, et de ne pas sentir des existences individuelles et particulières, tandis qu'on croiroit sentir l'existence ou la vie universelle?

On peut donc demander qu'est-ce que l'existence ou la vie universelle, qui sert de base aux nouveaux systèmes? Comment la saisit-on? Et que saisit-on, en la saisissant?

Troisième doute. Supposons qu'un moyen quelconque nous ait révélé la vie ou l'existence universelle. Les existences individuelles, dit-on, se perdent et se dissipent dans l'existence ou la vie universelle; elles ne sont autre chose que des limitations de la vie universelle; la vie universelle se manifeste ou se révèle nécessairement dans les vies ou les existences particulières; l'existence absolue sort de son repos majestueux pour s'ébrancher en une foule d'existences relatives. Dans les systèmes de l'idéalisme transcendant, comme dans celui de la philosophie de la nature, il faut que l'être un et immuable, c'est-à-dire, Dieu, se révèle ou se manifeste. Dans le premier, l'être revêt les formes de l'existence; cette existence se divise, et se subdivise en une multitude d'existences, qui sont autant de reflets de l'être. Dans le second, l'unité parfaite enfante la pluralité, ou s'oppose à elle-même la pluralité, parce qu'elle ne peut se manifester comme unité parfaite; et c'est ainsi que naît, dans l'idéalisme transcendant, l'univers, et dans l'autre système, la nature.

Ici on peut demander : s'il n'y a qu'une existence absolue, immuable et universelle, et si tout ce qui paroît exister, n'existe pas, pourquoi cette existence sort-elle de sa sainte obscurité, ou plutôt de sa lumière inaltérable et pure, pour se manifester et se révéler? A qui se

manifeste-t-elle, puisqu'elle seule existe ?
A-t-elle besoin de se manifester à elle-
même ? Et comment peut-elle se manifester ou se révéler ?

La véritable réponse à la première
question, c'est que l'univers, la nature,
les existences ou les vies individuelles qui
ont disparu par la puissance de l'abstraction, et qui ont été perdre leur réalité
dans le gouffre dévorateur de l'absolu,
réclament dans la conscience des philosophes, contre leur prétendu anéantis-
sement, et se présentent toujours de nouveau à eux. Ils ne peuvent du moins
leur contester l'apparence, et il faut expliquer ces apparences individuelles et
les concilier avec la réalité absolue. Jusqu'ici tous les unitaires, panthéistes, y
ont échoué; Spinoza lui-même n'y a pas
réussi, et cependant son premier principe n'étoit pas l'existence pure et simple,
mais une substance dont les attributs
nécessaires étoient la pensée et l'éten-

due. Les auteurs de l'idéalisme transcendant et de la philosophie de la nature n'ont pas été plus heureux que lui ; ils disent toujours que l'être un, absolu, doit se manifester et se révéler, mais ils n'expliquent pas cette nécessité et ne la déduisent pas de la nature de l'existence absolue. Au fond ce qu'ils avancent se réduit au simple énoncé du fait : il y a des individus ou des apparences d'individus, quoiqu'il n'y ait qu'un être à qui l'existence appartienne dans un sens éminent, qui soit absolu et immuable.

Comment peut-il revêtir les formes des existences particulières, et produire des apparences individuelles, du moment où on lui dispute l'individualité et où l'on fait disparoître tous les individus ? Il est impossible d'en rendre raison. On peut de degré en degré, d'abstraction en abstraction, s'élever jusqu'à l'existence, qui est on ne sait quoi, mais qui n'est plus telle ou telle existence parti-

culière, et, en faisant disparoître, l'un
après l'autre, les échelons des existences
particulières par lesquels on s'est élevé
dans le vide de l'existence universelle,
se persuader qu'on n'y est pas arrivé in-
sensiblement, et, oubliant l'échelle après
l'avoir retirée, on peut s'imaginer qu'on
est placé naturellement à cette hauteur.
Mais le moment critique arrive, où il
faut descendre et sortir du vide pour
créer les existences particulières ou pour
expliquer leur génération. On ne peut
pas les nier, du moins, comme apparences ; on ne veut pas leur accorder de
la réalité, et on ne peut pas les concilier d'une manière satisfaisante avec l'absolu. On a beau dire que l'absolu s'ébranche nécessairement dans la multitude
des sujets et des objets, que la lumière
primitive se réfléchit à l'infini par toutes
sortes de formes. On n'explique rien en
le disant, et le premier principe, n'eût-
il même qu'une valeur hypothétique,
ne vaut rien comme hypothèse, puis-

qu'il ne rend pas raison des phénomènes.

Sans doute l'existence relative suppose
l'existence absolue; l'existence individuelle et finie, l'existence infinie; l'existence variable, une existence qui ne
change pas; mais ce qui nous est donné,
est l'existence individuelle, ce sont telles
ou telles qualités réellement existantes.
Soit que, généralisant le sentiment de
l'existence et faisant abstraction de tout
ce qui existe, nous nous élevions à l'existence universelle, et croyions avoir une
notion, tandis que nous n'avons que le
reflet d'une perception; soit que nous
ayons, en effet, la perception de la vie
universelle, en même temps que la perception de notre propre vie, et que la
première soit cachée et déguisée sous
l'autre, toujours n'aurons-nous, dans ces
deux suppositions, qu'une abstraction
stérile, ou un fait vide dont on ne sauroit déduire d'autres faits. Ce principe

ne nous expliquera donc jamais la nature des existences. Dès que nous vou-
drons essayer de les connoître, afin d'a-
voir un point fixe, il faudra partir du
moi de l'ame ou de la dualité primitive.
Cependant il faudra toujours se rappeler
que l'existence individuelle ne nous fera
jamais connoître à fond l'existence absolue, et que nous ne pourrons jamais
conclure parfaitement de l'une à l'autre, sans tomber dans un anthropomor-
phisme grossier, ni comprendre et expliquer, comment l'existence absolue
produit les existences individuelles, soit
que nous leur accordions ou que nous
leur refusions la réalité, car ce seroit
comprendre la création ; et il y aura
toujours pour l'intelligence humaine,
entre l'absolu et le relatif, l'existence
universelle et première, et les existences particulières, un abyme : il faut
le respecter, et dire avec les auteurs
sacrés : *c'est l'éternel, on ne sauroit le
comprendre.*

Surtout n'oublions jamais que nous partons du fini et du relatif dans nos recherches ; eux seuls nous sont donnés. L'infini et l'absolu sont des notions auxquelles nous parvenons plus tard, et que nous ne formons peut-être que par opposition avec les premières. Il me semble que l'absolu, l'infini, l'inconditionnel, sont plutôt le commencement du système de nos représentations que leur base et leur fondement, et qu'elles doivent plutôt être regardées comme les dernières conséquences ou les derniers termes de nos connoissances nécessaires pour les ranger, et leur donner de la consistance en leur donnant de l'unité, que comme le premier principe de la science.

En élevant, avec toute la modestie qui me convient, ces doutes et ces questions sur l'idéalisme transcendant et sur la philosophie de la nature, je suis bien éloigné de ne pas reconnoître le talent distin-

gué des créateurs de ces deux systèmes.
Si chacun d'eux ne donnoit le sien que
comme une vue de l'univers, on con-
viendroit facilement qu'elles sont hardies et originales, et qu'elles prouvent
la profonde sagacité ou l'imagination
poètique de leurs auteurs. L'esprit philosophique, plus lent, plus circonspect,
plus timide, peut se refuser ce vol au-
dacieux, mais le génie philosophique a
toujours aimé à en courir les chances
et les hasards.

En étudiant ces systèmes et d'autres
productions du sol de la Germanie, dignes de leur être comparées, on ne peut
se défendre d'un sentiment d'admiration
pour cette vie intérieure, cette vie de
la pensée qui forme un trait distinctif
du caractère et du génie national des
Allemands. C'est là que se trouve la vraie
grandeur et la vraie dignité de la nature humaine. Quiconque ne vit que
dans le monde extérieur pour chercher,

observer, juger, employer, classer, or-
donner les objets sensibles, sans connoître la vie intellectuelle, ne sera jamais
qu'un homme ordinaire, quels que soient
les miracles d'intelligence et de volonté
qu'il opère sur le théâtre de la société.
Il croira tout comprendre et tout expliquer, et il ne comprendra rien ; il vivra
sans se douter du sérieux de la vie, il
exercera l'activité de son esprit sans savoir qu'il a une ame. C'est une belle
expression que celle-ci : *Il a de l'ame,*
beaucoup d'ame, car ce n'est pas du sein
des combinaisons de l'esprit, ni même
de ce qu'on appelle vulgairement la sensibilité, que sort et s'élève ce qu'il y a
de grand dans la nature de l'homme,
mais c'est des profondeurs du moi qui
se replie sur lui-même, c'est-à-dire de
l'ame. C'est l'ame qui est le foyer de la
religion, de la poésie, de la grande et
belle activité morale.

La nation qui saisit fortement le

monde extérieur, qui est susceptible de
recevoir des impressions profondes de
tous les objets sensibles, et qui réagit
sur eux avec énergie, sera une nation
active et brillante. Le monde sera à elle,
elle agitera la surface des êtres. La nation qui se refuse au monde extérieur,
autant que possible, et dont les pen-
seurs d'élite s'engageront par un acte
de leur liberté dans les galeries souter-
raines de l'ame, et se replieront sur
eux-mêmes, sera une nation plus admirable qu'admirée. Elle s'attachera plus
au mouvement de la pensée, qu'au mouvement de la vie active; l'univers lui
appartiendra, mais le monde sera quelquefois perdu pour elle, parce qu'elle-
même sera trop calme et trop occupée
dans les profondeurs de son existence;
mais la liberté intérieure la consolera
de tout, et tant qu'elle lui restera, elle
conservera un sentiment de dignité.

FRAGMENS

ou

PENSÉES DÉTACHÉES.

FRAGMENS

OU

PENSÉES DÉTACHÉES.

PHILOSOPHIE. SYSTÈME.

Il y a deux sortes d'ignorance ; nous commençons par la première, nous finissons par la seconde.

Une ignorance superficielle est la mauvaise ; une ignorance profonde est la bonne ; il faut aller la puiser dans ses sources.

Philosopher, c'est se rendre raison à soi-même de ses idées. De raison en rai-

son, on arrive au problème fondamental, savoir à celui de la nature des êtres
ou de l'origine de nos connoissances,
que jusqu'ici on n'a pas su résoudre
d'une manière satisfaisante pour tous les
esprits.

La philosophie est peut-être moins
une science qu'un procédé de l'esprit
humain; elle est le but de la raison,
mais elle est surtout le mouvement de
la raison.

L'ignorance raisonnée ou la conviction de l'impossibilité où se trouve l'esprit humain de dépasser certaines limites, est la science de l'homme.

Un système n'est autre chose qu'un
ouvrage de l'art; c'est une unité artifi-
cielle qu'on introduit dans une totalité
de faits ou à laquelle on les ramène.
C'est une vue de l'univers qui doit changer à mesure que les faits augmentent;

ou bien lorsque l'unité elle-même devient multiple et qu'on y distingue plusieurs choses différentes.

Il y a peu d'hommes qui, ayant pensé de bonne heure, ne se soient pas fait un système dans leur jeunesse; il y en a peu qui, dans la vieillesse, tiennent encore à ce système. Les plus mauvaises têtes ne sont peut-être pas celles qui n'ont jamais eu de système, mais celles qui, pendant toute leur vie, ont toujours été attachées au même.

Les êtres sont ce qu'ils sont; il ne s'agit ni de les imaginer, ni de les arranger d'une manière arbitraire, ni de les créer. On ne peut donc pas suppléer à la connoissance par le génie. Quelque admirable que soit un système considéré comme ouvrage de l'art, il pourra ne rien signifier du tout sous le rapport de la vérité.

Les faits primitifs ou les premières

conditions de la pensée sont la base qui
doit porter l'édifice de nos connoissances. Il faut s'abandonner avec confiance
à ces faits primitifs, ou renoncer à penser; seulement il faut s'assurer qu'on est
arrivé aux faits primitifs, et ne pas s'arrêter à des faits douteux ou à des faits
dérivés. On doit piloter jusqu'à ce qu'on
arrive à un fond solide; mais il seroit
ridicule de prétendre arriver au noyau
de la terre avant de poser la première
pierre.

La paresse et la crainte attachent aux
idées anciennes, et font rejeter les nouvelles. L'amour du repos, le goût de
l'inaction, la crainte de bouleversemens,
augmentent dans l'homme avec l'âge;
c'est ce qui explique ce qu'on appelle
quelquefois, à tort, les préjugés des
vieillards.

On forme sa maison, son établisse-
ment, sa fortune en fait d'idées, comme

pour tout le reste. A un certain âge, on répugne aux idées nouvelles, par la même raison qui fait qu'on craint de se déplacer. Les voyages ne conviennent plus. Les jeunes gens les aiment dans tous les genres, parce qu'ils ont une surabondance de forces dont ils s'imaginent n'apercevoir jamais le terme ni la fin.

Dans la jeunesse, on accueille les nouveaux systèmes avec plaisir, non-seulement parce qu'on ne s'est fixé nulle part, et qu'on choisit encore son domicile, mais parce que ces systèmes, ouvrages de vos contemporains, semblent vous appartenir. Dans la vieillesse et même dans l'âge mûr, les nouveaux systèmes blessent l'amour-propre; ils appartiennent à une génération différente de la vôtre, et c'est en quelque sorte un mauvais compliment qu'elle vous fait.

Il n'y a rien de plus rare que d'avoir le courage de sa propre raison, et d'aller

aussi loin qu'elle peut vous mener. On a
quelquefois peur de sa raison, comme
d'autres ont peur de leur imagination.
Ceux-ci craignent que l'imagination ne
leur fasse prendre des fantômes pour des
réalités et ne leur fasse voir des spectres;
ceux-là craignent presqu'à l'égal des autres, que leur raison ne dissipe des fantômes auxquels ils tiennent fortement,
et ne leur fasse saisir une réalité devant
laquelle ils reculent.

Quand on s'engage dans la spéculation
et dans l'océan des existences, il faut
renoncer, du moins momentanément, à
sa terre natale et au toît paternel, où
certains principes et certaines maximes
servoient à vous abriter; mais il ne faut
pas placer le but de la course dans la
course même : il faut se proposer d'aborder quelque port, et de découvrir de
nouvelles terres. Si on n'y réussit pas,
on fera fort bien de rentrer dans la modeste baie où l'on avoit mis à la voile.

En fait de philosophie, on est à la fois l'instrument, la matière première et l'artiste de son ouvrage; on file sa philosophie sans sortir de soi et sans secours étranger, comme l'insecte file sa toile.

On peut être philosophe sans avoir une philosophie; on peut avoir une philosophie sans être philosophe.

Une philosophie quelconque n'est jamais qu'une vue de l'homme et de l'univers; on n'adopte aveuglément celle des autres, que lorsqu'on ne sait pas voir soi-même; quand on voit par soi-même, on voit à sa manière, et plus cette manière est originale, plus elle est incommunicable.

Quand la philosophie d'un homme est son ouvrage, elle lui appartient, et elle lui appartient d'autant plus qu'elle résulte de son être tout entier, et qu'elle suppose l'activité et le développement harmonique de toutes ses forces. Alors

elle s'applique aussi à toutes ses facultés
et à toutes ses forces, et elle les perfec-
tionne. Au fond, la meilleure philosophie, pour chaque individu, est celle
qui, née dans son propre sein, le conduit en même temps au plus haut degré
de perfection possible.

La philosophie est toute entière dans
l'homme ; on n'enseigne pas la vraie philosophie, mais on peut accoutumer à
l'exercice de la pensée et diriger l'entendement dans cet exercice.

La métaphysique est la gymnastique
de la raison. Lorsqu'on a passé par certains exercices de la pensée, l'esprit a
pris une constitution athlétique qui seule
fait supporter tous les autres genres de
travaux.

On conçoit que la plupart des hommes
puissent ne jamais s'occuper de la philosophie, et quoique toutes les idées y
ramènent, et que tous les objets y con-

duisent, ne jamais penser à la grande question des existences; mais on ne conçoit pas qu'on puisse y avoir pensé une fois et ne plus y revenir, sans qu'on eût résolu le problème ou démontré qu'il est insoluble. Telle peuplade sauvage qui habite une forêt placée à quelque distance du rivage de la mer, peut être assez occupée ou assez inactive, assez ignorante ou assez indifférente pour ne jamais pousser sa curiosité si loin; mais celui que le hasard ou la curiosité y auroit une fois conduit, pourroit-il prendre sur lui-même de ne pas y retourner? Pourroit-il ne pas se demander, qu'est-ce qu'il y a au-delà de la mer, et quels sont les moyens de la franchir?

Il y a des doutes qui viennent uniquement de ce qu'on ne peut pas se détacher, fût-ce un moment, du monde sensible, pour se transporter dans le monde intellectuel. Il y a des doutes qui résultent de ce qu'on ne peut plus attribuer aucune

espèce de réalité au monde sensible.
Dans le premier cas, on doute de tout
ce qu'on ne peut pas voir ; dans le second,
c'est de tout ce qu'on peut voir qu'on
doute et qu'on se défie.

L'incrédulité seroit bien rare, si l'homme tout entier jugeoit de la vérité ; mais ordinairement il établit pour juge une seule de ses facultés, et cette faculté est l'esprit, qui ne saisit jamais que des rapports.

On doit toujours éviter les contradictions, mais il faut prendre son parti sur ce qu'il y a nécessairement d'incompréhensible dans la religion ; car y prétendre, ce seroit tomber dans une véritable contradiction, ce seroit vouloir que l'infini fût fini. La principale source de l'incrédulité, c'est la prétention de vouloir comprendre Dieu et l'univers. Nous voulons assujétir l'infini sous le foyer de notre microscope.

Non-seulement il est plus honorable, mais il est encore plus utile de chercher la vérité sans la trouver, que de la trouver sans la chercher.

On sait par quels motifs on commence une dispute littéraire; on ne sait pas par quels motifs on continuera le débat, et on le terminera. Les idées que l'on soutient au commencement d'une dispute, ne vous font pas même soupçonner celles que l'on se trouvera soutenir au moment où la dispute se terminera.

Si la vérité étoit un effet commerçable, et qu'on pût la vendre, comme on préfère ce qui a une valeur à ce qui a du prix, on la céderoit à bon marché; et tel ignorant feroit de la vérité la plus précieuse, ce que fit, après la bataille de Granson, le soldat suisse, qui vendit le diamant appelé depuis *le Régent* pour un petit écu.

La conséquence est le mérite négatif d'un système; elle ne prouve rien en fa-

reur de sa vérité, mais elle prouve quelquefois la force de la tête de celui qui l'a
conçue.

Souvent, moins un homme a l'esprit
étendu et vaste, et plus il est conséquent;
il voit devant lui et en ligne droite; il
marche de même, et n'aperçoit pas tout
ce qui se trouve à droite ou à gauche
hors de son ornière.

Il y a tel système de philosophie où il
n'y auroit rien de bon à prendre sans
les inconséquences et les hors-d'œuvre
de l'auteur. Les idées qui se trouvent
hors de la chaîne, que le système n'a-
mène pas, ou qui même le combattent,
sont les seules quelquefois qui offrent
du neuf, du vrai, de l'original. C'est
comme tel mauvais poëme épique, qui
ne se soutient que par les épisodes.

La force du caractère est tout-à-fait
indépendante de la profondeur de la
philosophie. Ce n'est pas le nombre, la

liaison, la conséquence des idées, qui décident de l'énergie, de la fermeté, de la persévérance d'action d'un caractère. Tout dépend de la nature de l'idée qui sert d'objet et de motif d'action, et du degré de force avec lequel elle agit sur le caractère et le caractère sur elle. C'est le cas de dire:

Un héros seul suffit, et vaut seul une armée.

Le défaut d'imagination ou le défaut de sensibilité, expliquent quelquefois ce qu'on appelle la conséquence de la raison. Ces deux défauts rendent à certains esprits les mêmes services, que les larges oreilles de cuir qu'on met aux chevaux et aux mulets dans les pays montueux rendent à ces utiles animaux; ils les font marcher sûrement dans le chemin battu, et, leur cachant les précipices qui les environnent, les empêchent d'y tomber.

Les divisions et les liaisons de nos

systèmes de philosophie ressemblent à
ces lignes abstraites que les astronomes
tracent entre les étoiles pour dessiner
les constellations; ces figures servent à
ranger les astres et facilitent l'astrogno-
sie, mais ces figures n'ont jamais rien
expliqué, et ne font pas connoître les
lois des mouvemens des astres. De même
les divisions de nos systèmes mettent
de l'ordre dans les faits, mais ces divisions qui les lient en les séparant, et les
séparent en les liant, ne rendent pas
raison de la nature des faits.

—— Ce que la cloche qui contient une certaine quantité d'air respirable, est pour
le plongeur, le sentiment et le cœur le
sont pour le métaphysicien qui plonge
dans les abymes de l'existence, afin d'y
trouver la perle de la vérité; sans le
cœur, on n'y descendroit pas sans dan-
ger; sans l'air vital du sentiment, ces
recherches pourroient devenir funestes,
et amener la mort de l'homme moral.

Le désespoir de la raison qui raisonne, et qui a tout voulu prouver par des raisonnemens, peut et doit même mener à ce calme réfléchi de la raison qui l'attache fortement à certaines vérités premières, vérités qui sont pour elle autant de points d'arrêt, qu'elle ne prouve pas par des raisonnemens, mais qu'elle saisit par une espèce de vue intérieure, et qui la constituent en quelque sorte.

La raison insolvable de Pascal cherchoit et trouvoit un asyle dans le sein de l'église, et sous les ailes d'une foi aveugle, comme en Angleterre les débiteurs insolvables, qui peuvent être saisis partout ailleurs, se sauvent dans le quartier du Temple. Quand on est à-peu-près ruiné, on s'estime heureux de trouver un asyle, et de se mettre sous la sauve-garde d'un tuteur, fût-ce au prix de son indépendance et de la liberté de ses mouvemens.

On a étrangement abusé de la phénoménologie. Si les intuitions et les sensations ne nous offrent que des phénomènes, si les notions dans lesquelles on les place, et les principes d'après lesquels on les unit, ne sont aussi que des phénomènes constans du sens interne, si le moi lui-même n'est qu'un phénomène, quel est donc finalement l'être réel à qui toutes ces apparences apparoissent? Cette phantasmagorie ressemble au repas du Barmécide dans les contes arabes, qui, à une table vide, servoit des mets imaginaires dans des vases imaginaires. L'ombre d'un philosophe, rapprochant les ombres des objets sensibles des ombres des notions, rappelle ces vers de Scarron:

> J'ai vu l'ombre d'un cocher
> Frottant l'ombre d'un carosse
> Avec l'ombre d'une brosse.

SCIENCE, VÉRITÉ.

La science est toujours vaine et fausse, quand elle ne voit la raison que dans les raisonnemens, ou quand elle ne voit la vérité que dans l'instinct du bon sens, et dans celui du sentiment, ou quand elle combat et nie les existences, à cause des obscurités que ces existences présentent.

Les premiers principes sont toujours des vérités de fait ou des vérités de sentiment; on ne les prouve pas, on les sent et on les énonce, ou on les développe.

On ne comprend aucune existence. Si l'on savoit ce que c'est que l'existence, on sauroit tout, et l'univers ne seroit plus un mystère,

L'existence est en général ce qu'il y
a de plus effrayant; l'habitude seule, en
nous familiarisant avec elle, explique
comment nous ne sommes pas saisis
d'effroi à chaque instant. L'existence
des plantes a peut-être quelque chose
de plus saisissant encore que l'existence
des animaux. La vie avec toute sa fraîcheur, et en même temps la vie tranquille et immobile, paroît plus inexplicable que la vie avec le sentiment et
le mouvement. Les phénomènes que la
seconde présente s'expliquent, ce semble, par un principe intérieur, par la
liberté; c'est sans doute une illusion,
car c'est l'existence de ce principe intérieur qui est une véritable énigme,
mais cette illusion est bien naturelle.

C'est cette vie tranquille des plantes,
jointe à leur immobilité, qui leur donne
un faux air de perfection; et les hommes ont un faux air d'imperfection,
précisément parce qu'ils sont perfecti-

bles, et par conséquent toujours en action. Les premiers connoissent le repos,
qui paroît promettre et annoncer quelque chose d'achevé et de complet; les
autres ont une mobilité ou une tendance continuelle au mouvement, qui
semblent prouver que l'homme n'est encore qu'une simple ébauche, et qu'il
doit acquérir ce qui lui manque.

La science par excellence, dans un
sens strict et absolu, est un être de raison. Elle a pour objet les existences;
elle veut les saisir, les constater, les comprendre, les expliquer. Quels moyens
a-t-elle pour remplir son objet? La base
de la science est toujours ou donnée
ou créée. Est-elle donnée? cette base
consiste dans les faits, car les premiers
principes, quand ils méritent ce nom,
sont eux-mêmes des faits primitifs. Ces
faits sont donnés par les sens extérieurs
ou par le sens interne. Veut-on par eux
atteindre les existences, il se présente

une question préalable : le premier fait
est-il une apparence ou une réalité, une
idée relative ou une vérité absolue ?
Cette première question ne pouvant pas
être résolue d'une manière irréfragable
et satisfaisante pour tous les esprits, le
tout flottera toujours en l'air. Il faudroit cesser d'être soi, et devenir l'être
en question pour le connoître; ou plutôt il faudroit sortir de soi-même pour
se juger, être en même temps soi et un
autre. Nie-t-on que la base de la science
soit donnée; et veut-on, comme quelques philosophes l'essayent, la créer?
On partira d'une abstraction ou d'une
définition quelconque, et l'on construi-
ra la science, comme l'on construit les
mathématiques. Dans ce cas, en procédant logiquement on saura quelque
chose parfaitement; mais que saura-t-
on? son propre ouvrage. La science
pourra bâtir un édifice superbe et savant, mais ce sera un édifice idéel, et
il ne lui manquera que l'existence.

On peut parvenir au même résultat par un autre raisonnement. Il n'y a que deux méthodes de philosopher; la synthèse et l'analyse. La synthèse n'est qu'un jeu de notions, à moins que l'analyse n'ait précédé; sans cela elle peut être parfaite, et cependant ne pas atteindre aux existences. Elle ne nous donne rien, nous lui avons tout donné. L'analyse part sans doute de quelques chose de donné; mais ce qui nous est donné, est-ce une existence réelle, ou en le saisissant, ne saisissons-nous qu'un rapport? Voilà le point litigieux.

Toute connoissance suppose toujours l'existence, mais à l'existence ne correspond pas toujours une connoissance. Ce qu'on connoît, existe-t-il en effet? Ce qui existe en effet est-il nécessairement connu? Connoître et exister, être connu et exister, est-ce une seule et même chose; est-ce parce qu'une chose existe que je la connois? Est-ce parce que je

la connois qu'elle exis te? Le premier pâ-
tre que vous interrogerez résoudra cette
question : il lui sera peut-être plus difficile de la comprendre que d'y répondre :
aucun philosophe ne saura la résoudre.

Bacon la décide en deux mots. *Veritas
essendi et veritas cognoscendi idem sunt,
nec plus a se invicem differunt quam ra-
dius directus et reflexus.* La vérité des
existences et la vérité des connoissances
sont une seule et même chose, et ne diffèrent que comme un rayon direct et
un rayon réfléchi. Le philosophe anglois
tranche ici en deux mots la question
fondamentale de toute la philosophie;
car c'est d'elle que dépend toute la certitude de nos connoissances. Qu'est - ce
que connoître? qu'est-ce que la vérité
des existences? quels abymes! Avons nous
tort de distinguer entre la connoissance
et l'existence? La seconde nous est-elle
donnée dans la première, ou la première
dans la seconde? Mais nous ne pouvons

pas nous défendre d'admettre, outre le
monde des représentations, un monde
d'objets indépendans de ces représentations? Si la connoissance et l'existence
sont deux choses différentes, comment
nous assurer que la vérité de l'une est
identique à la vérité de l'autre? Il faudroit prouver pour cet effet que la vérité logique et la vérité métaphysique
sont une seule et même chose? Pourquoi ne pouvons - nous pas croire avec
Bacon que ces deux genres de vérité ne
diffèrent que comme un rayon direct
et un rayon réfléchi? Pourquoi ne pouvons - nous prouver démonstrativement
ni l'affirmative, ni la négative? Ce passage de Bacon suffiroit pour nous con-
vaincre que cet esprit d'ailleurs si profond ne s'étoit jamais occupé du grand
problème de l'origine des idées, et de la
réalité des connoissances humaines.

Dans la première jeunesse, lorsqu'on
n'a pas encore approfondi les sciences

humaines, et qu'on n'en a qu'une vue
encyclopédique, on croit qu'elles tiennent toutes fortement l'une à l'autre.
Quand on les considère d'un point
de vue plus vaste et plus élevé, on re-
marque que la chaîne qui les lie n'est
qu'apparente, et qu'elles forment des
masses isolées. Du fond de la vallée de
Chamouni, le voyageur croit que toutes
les aiguilles sont placées sur la même
ligne que le Mont-Blanc, et qu'elles sont
étroitement unies à lui; du sommet du
Mont - Blanc, Saussure vit que les aiguilles étoient séparées de lui par de véritables abymes.

Qu'est-ce qu'un individu? qu'est-ce
que tel ou tel individu? L'individualité
est l'écueil contre lequel vont échouer
toutes les définitions.

Les définitions expriment beaucoup
mieux les ressemblances que les différences; mais quand on connoîtroit toutes

les différences, on n'auroit pas encore l'être tout entier; car c'est le principe unique, le lien de toutes ces qualités qui constitue proprement l'être.

Toutes les sensations supposent un rapport des objets de ces sensations aux êtres sensibles qui les perçoivent ou les éprouvent, soit qu'elles consistent dans l'impression que l'objet fait sur nous sans aucun mélange de plaisir ni de peine, soit que le plaisir ou la peine que l'impression nous donnent dominent sur elle, l'effacent et la fassent oublier. Cependant il y a une différence capitale et constante entre les sensations. Nous rapportons les unes aux objets, et elles nous servent à déterminer leurs qualités; nous rapportons les autres au sujet, et elles décident de ses affections. Le jugement que nous portons sur les premières est universel et absolu; les jugemens que nous portons sur les secondes sont individuels et relatifs. Le fait est aussi inexplicable que certain, et c'est sur lui que reposent toutes les théories des sciences humaines. Comment des sensations, qui originairement dépendent toutes ensemble de rapports, peuvent-elles conduire à des résultats tout-à-fait différens?

Il y a dans les contrées montueuses de riches vallons, dont les paisibles et heureux habitans n'ont jamais dépassé les limites; sa nature leur donne le nécessaire et même le superflu; au-delà des bornes, ils ne trouveroient que des glaces, ou des rochers arides et impraticables. Ainsi dans les vallées de la science humaine, qui offrent beaucoup de richesses, on devroit jouir en paix de ce que la raison accorde et assure à la raison humaine; sans essayer de franchir les barrières des hauteurs qui se dérobent à nos efforts, ou au-delà desquelles on ne trouveroit que des landes.

Une théorie dans un genre quelcon-

que doit inspirer de la défiance et paroître incomplète, du moment où les
faits la contredisent et la démentent. Les
principes de droit, de morale, de politique, peuvent être battus par les événemens, sans qu'on puisse et doive douter de leur vérité et de leur certitude.
Dans les premiers cas, la théorie doit
descendre de son élévation pour se rapprocher des faits, et se concilier avec
eux s'il est possible; dans le second les
principes doivent attendre les événemens : tant pis pour eux, si ces derniers
les combattent. Ici il s'agit de ce qui doit
être ou se faire, là de ce qui peut être
ou se faire.

Nous ne pouvons pas concevoir une
existence différente de la nôtre; nous
pouvons bien savoir, par un effort de raison, qu'elle ne ressemble pas à la nôtre,
et par conséquent savoir ce qu'elle n'est
pas ; mais nous ne savons jamais ce
qu'elle est; et pour notre propre exis-

tence, nous ne la concevons pas, nous la sentons.

L'ame ne connoît le monde extérieur que par ses sensations; elle ne connoît ses facultés que par leurs opérations diverses, et les forces en général que par leurs effets. L'ame ne connoît tous les objets, et ne se connoît elle-même que médiatement. Elle ne peut jamais se regarder elle-même que par le milieu d'une représentation quelconque; elle sent la conscience d'elle-même, en tant qu'elle a la conscience d'une représentation dont elle se distingue; elle a la conscience de la conscience, mais c'est de la conscience de tel ou tel objet, et non de la conscience en général. On peut penser cette dernière, et exprimer cette pensée par un signe, mais cette pensée ne sera jamais immédiate. Ce sera une abstraction de la conscience de soi. Elle sent la liberté; mais est-ce immédiatement, ou n'est-ce pas plutôt par opposition avec la nature? n'est-ce pas parce qu'elle a la conscience de certains momens où elle veut parce qu'elle veut, et en même temps celle des actions qui suivent cette volonté? Elle sent son existence, et ce sentiment est peut - être la seule perception immédiate.

Sur quel principe repose le principe que l'entendement humain modifie conformément aux lois de sa nature les objets qu'il saisit, et que c'est en lui, et non hors de lui, qu'il faut chercher les lois de nos connoissances? L'ame est une force; cette force est ce qu'elle est; elle a par conséquent une nature propre et des lois particulières; et comme force elle a une tendance déterminée. Ainsi l'ame réagit sur les objets, et réagit sur eux d'une certaine manière; en réagissant sur eux, elle ne les réfléchit pas comme une glace, mais elle les modifie à sa manière. Nos représentations ne

sont donc pas des réflets fidèles des objets, mais des produits mixtes de l'ame
et des objets. Nous ne pouvons pas conclure de ces représentations aux objets,
mais il faut un travail préalable qui présente de grandes difficultés. Il consiste
à séparer dans la représentation ce qui
appartient à l'objet, de ce qui appartient
au sujet.

Il est singulier qu'on ait souvent accordé beaucoup plus de certitude à l'ontologie qu'aux autres parties de la métaphysique. L'ontologie est la science des
notions : si ces notions étoient de véritables principes, si elles avoient de la
réalité, si par leur moyen on pouvoit
atteindre les êtres, l'ontologie seroit une
science certaine, mais alors les autres
sciences auroient les mêmes caractères,
car elle leur communiqueroit sa certitude. Il s'agit seulement au préalable de
répondre à une question qui paroît insoluble, savoir, que sait-on en sachant

les notions? que sont-elles? ont-elles
une vérité et une réalité objectives? Il
est bien clair que si l'on savoit ce que
c'est que l'être, on sauroit tout.

PENSÉE. LIBERTÉ.

La raison ne connoît pas de vérités inutiles, ni de vérités dangereuses. Ce qui est, est; on ne compose pas avec ce principe. C'est la seule réponse qu'il convienne de faire, et à ceux qui subordonnant tout aux besoins, demandent en fait d'idées : à quoi cela est-il bon? et à ceux qui, cédant toujours à la crainte, demandent : où cela peut-il mener?

L'esprit philosophique consiste éminemment dans l'analyse fine, délicate, suivie des idées; elle suppose de l'attention et de la sagacité. Le génie philosophique consiste dans une vue générale, élevée des faits qui, par hypothèse du moins, les ramène tous à une simple formule. Il suppose beaucoup d'imagination, mais un genre particulier d'imagination, non celle des images, mais des idées.

Aristote est un modèle d'esprit philosophique; Platon est un génie philosophique.

Un esprit qui réuniroit toutes les qualités, qui joindroit la finesse à la profondeur, l'étendue à la pénétration et à la sagacité, seroit toujours un esprit juste et verroit toujours bien; mais il est rare de trouver des esprits qui réunissent toutes les qualités; on n'a ordinairement qu'une sorte d'esprit; on est fin sans profondeur, ou profond sans finesse, ou pénétrant dans un champ d'idées circonscrit et resserré.

L'esprit accuse le bon sens d'être un juge superficiel, et de manquer de délicatesse; le bon sens accuse l'esprit de subtilité. Aux yeux du bon sens, l'es-

prit prend quelquefois la réalité pour
des apparences; au jugement de l'esprit,
le bon sens prend les apparences pour
la réalité.

— L'œil nu saisit très-bien les objets
qui ne sont ni trop éloignés, ni trop
rapprochés de lui, ni trop grands, ni
trop petits; le télescope et le microscope lui seroient inutiles dans le cercle
de ces objets, et pourroient même pro-
voquer de sa part de faux jugemens.
L'œil armé se trompera, s'il n'emploie
pas tour-à-tour ces deux instrumens,
ou s'il substitue mal à propos l'un à
l'autre. L'œil nu est le simple bon sens;
l'esprit est l'œil armé. L'œil nu ne peut
suffire hors de sa sphère; l'œil armé peut
égarer le jugement, si l'on ne se sert
pas des instrumens avec habileté.

L'esprit de combinaison fait voir, découvrir, inventer; il tire ses forces et
ses moyens de l'imagination ; l'esprit

l'analyse fait décomposer et distinguer;
l doit ses ressources et ses succès à l'at-
ention. La perfection consiste à les réu-
iir et à les employer tour-à-tour.

L'esprit a bien souvent détruit l'ou-
rage des hommes à jugement, et dé-
angé ou paralysé leur sagesse. Le ju-
;ement a bien souvent redressé les er-
eurs de l'esprit. On doit au jugement
'absence du mal qui ne s'est pas fait dans
e monde; on doit à l'esprit les change-
aens avantageux qui se sont faits dans
e monde; sans lui rien n'avanceroit sous
e rapport de la perfection.

Il semble que l'ame ne se possède elle-
iême, et ne soit sûre d'elle-même que
ans les momens où elle produit. Ce
'est que par la pensée et dans la pen-
ée qu'elle se donne un certificat de vie.

Il y a une telle affinité entre la pensée
t la parole, que la présence de la pensée

appelle la parole, et que l'absence de la
parole ôte tôt ou tard la pensée. Quand
on n'ose pas dire ce qu'on pense, on
finit par ne penser que ce qu'on ose
dire.

Sans le moyen des signes, la pensée
mourroit en naissant, où ne naîtroit
même pas Il faut du moins exprimer
sa pensée mentalement; mais alors on
n'exprime jamais sa pensée; comme on
l'exprime quand on la prononce tout
haut. Pense-t-on bas, on ébauche, on
n'achève pas; on trace des contours, on
ne sait pas les revêtir de chairs et de
couleurs, et lorsqu'on est condamné à
ne penser que de cette manière, les
contours des idées deviennent toujours
plus foibles et plus insensibles.

La liberté est la seule force qui ait son
point d'appui en elle-même, ou plutôt
qui n'ait pas besoin d'un point d'appui.

Il n'y a proprement d'actions dans l'univers que les actions libres ; toutes les autres actions sont des passions ou des effets déguisés; car elles supposent toutes quelque chose qui les précède ou qui détermine leur existence.

Les connoissances qui devoient finalement affranchir l'espèce humaine, et lui rendre la liberté, ont été dans l'origine des instrumens de tyrannie. Un peu de sciences et de lumières a fondé le despotisme religieux et politique ; beaucoup de sciences et de lumières a détruit le despotisme religieux et politique ; une autre direction donnée à ces même moyens pourroit peut-être le rétablir, et alors il deviendroit et plus dangereux et plus durable.

Il y a deux sortes de merveilleux, celui de l'ignorance et celui de la science. On commence par le premier, on finit par le second. Le goût du merveilleux n'est au fond que le goût de l'infini.

Nous avons le désir de connoître la nature, de la prévoir et de la maîtriser; dans l'enfance de l'espèce humaine, on employoit à cette triple fin la magie, la divination, les sortiléges et les conjurations; on leur a substitué depuis la science, la prévoyance et les arts: moyens sans doute imparfaits; car la nature se dérobe à la science humaine, se joue de notre prévoyance et dépasse dans ses mouvemens et ses révolutions de beaucoup les arts; mais on se contente de perfectionner ces moyens; d'un côté on n'attend et on n'espère pas tout d'eux; car ils ne sauroient atteindre à tout; d'un autre côté l'on n'attend et l'on n'espère rien que d'eux. On ne cherche plus le merveilleux pour combattre ou comprendre la nature, mais on adore le merveilleux de la nature et on s'y résigne.

Les lois de la liberté tendent à soustraire l'homme à l'empire de la nature;
les lois de la nature tendent sans cesse
à entreprendre sur celles de la liberté.
Plus on fait la part de la nature petite,
et celle de la liberté grande, plus on devient homme.

La superstition, et toutes les prétendues sciences qui en dérivent, et qui à
leur tour la fortifient, telles que l'astro-
logie, la magie et l'alchimie, ne tiennent
pas uniquement à l'ignorance et à l'orgueil, ni à un esprit naturellement faux,
bien moins encore au goût du merveilleux, et à la pusillanimité du caractère;
mais à la nature elle-même. Quels que
soient les progrès que nous ayons faits
dans cette étude, la nature est et sera
toujours immense et inconnue; elle nous
étonne et nous confond tous les jours,
par nos propres découvertes; elle ren-
verse ce que nous regardions comme
nécessaire; elle nous présente des com-

binaisons ou des faits que nous jugions
impossibles, et souvent ce que nous
appelons ses lois, disparoissant devant
une loi supérieure, ne s'offrent plus à
nous que comme des exceptions. Ne
pouvant connoître à fond la nature,
nous sommes réduits à imaginer, et
l'imagination s'attend à tout, croit tout,
rêve le possible et l'impossible. L'immensité de la nature, notre étroite et
profonde ignorance, les miracles que
nous avons déjà observés et les miracles innombrables qui nous échappent,
tout donne aux rêves de l'imagination
une activité incroyable, et semble jus-
tifier ses conceptions les plus bizarres.
Sans doute, quand la raison se tait, nous
devrions condamner toutes nos autres
facultés au silence; là où nous ne savons plus rien, nous ne devrions pas
non plus imaginer, et nous tenir sur la
limite de notre horizon sans divaguer
au-delà. Mais cette force d'arrêt est rare;
le philosophe le plus sage ne l'exerce

que par intervalles; comment l'exiger et l'obtenir de la masse de l'espèce humaine? La superstition résulte donc de l'immensité des inconnues de la nature, que l'homme ne sait ni dissiper, ni oublier, ni consentir à ignorer entièrement, et de la tendance de l'homme à placer quelque chose dans cette nuit épaisse et dans cet océan incommensurable.

Les distinctions peuvent avoir été portées à l'excès par les scolastiques; mais il est certain que le talent de distinguer les nuances avec justesse et avec promptitude est le seul moyen d'arriver à la vérité; les êtres sont composés, et l'on peut dire de chacun d'eux, qu'il tient à tout, et qu'il tient de tout. Les idées sont complexes; pour savoir quelle est la nature des êtres et la nature de nos idées, il faut les décomposer, et distinguer l'un de l'autre tous les élémens qui les constituent. La plupart des disputes viennent de ce que l'un distingue plus ou moins dans un objet qu'un autre ; il y a de la vérité et de l'erreur dans la plupart des jugemens, parce que ceux qui les forment ne distinguent pas assez, ni assez bien. On affirme ou l'on nie d'un objet tout entier ce qui ne convient qu'à l'une de ses parties : on attribue ou l'on refuse à l'un de ces élémens ce qu'on devroit attribuer à un autre. Les conjonctions dans les langues indiquent déjà clairement que la pensée ne peut et ne doit procéder que par distinctions ; mais, cependant, pourtant, toutefois, etc., etc.

La puissance des hommes expire sur les limites du monde invisible, et l'ame est le sanctuaire de la liberté ; sanctuaire impénétrable et incorruptible, quand l'ame elle-même n'est pas corrompue et ne se vend pas. Qu'il est heureux que la pensée ait un asile inviolable et qu'on soit le maître de son secret !

Tout comme on n'accuse pas les observations microscopiques de subtilité, il ne faudroit pas accuser légèrement de subtilité les observations et les expériences psychologiques qui portent sur ce que l'ame a de plus délié, encore bien moins les rejeter sous ce prétexte. Il faudroit simplement demander : sont-elles vraies? et dans ce cas admirer la persévérance, la patience, la force d'attention de celui qui les a faites.

Ce qui produit cette différence dans les jugemens, c'est qu'il est bien plus difficile d'observer et de constater par le sens interne les faits du moi ou du principe de la pensée, que d'observer et de constater les faits de la nature par les sens externes. Non-seulement les observations du premier genre sont plus difficiles à reproduire et à recommencer, parce qu'elles sont fugitives, mais encore et surtout, parce qu'elles exigent un plus haut degré d'attention, de volonté, d'abstraction. Observe-t-on la nature, on s'oublie soi-même, pour vivre dans l'objet et ne voir que lui ; tout en dirigeant les sens, on cède à leur empire. Observe-t-on le moi ? il faut oublier la nature entière, vivre de sa propre substance et y concentrer ses forces. Il coûte toujours moins de peine d'observer avec un instrument, que d'observer l'instrument lui-même.

On ne devroit jamais parler de la liberté de penser. Rien de plus indépendant. Inaccessible à toute espèce de contrainte, invisible et active, elle échappe à l'esclavage. Aucune puissance humaine ne peut la gêner. Vous même ne pouvez pas penser à votre gré ; vous pensez comme vous pouvez et non comme vous voulez. On peut, par une mauvaise éducation, paralyser dans un homme la faculté de penser, mais on ne sauroit le contraindre à penser d'une certaine manière ; la défense et l'ordre, la punition

et la récompense n'ont point de prise
sur cet objet.

On ne sait pas ce qui est générale-
ment utile ou nuisible en fait d'idées.
Il n'y a point d'idée qui ne puisse faire
beaucoup de bien et beaucoup de mal.
Tout dépend de la tête qui les reçoit,
des idées auxquelles elle s'associe, des
conséquences qu'on en tire, et de la manière dont on les applique. Toutes les
idées peuvent devenir des poisons, et il
n'y en a aucune qui soit décidément et
dans tous les cas un poison. On ne sauroit donc partir de la nature d'une idée,
pour empêcher ou accélérer sa circulation, car ce prétendu principe est telle-
mement vague, que selon qu'on l'applique on peut empêcher la circulation de
toutes les idées et les favoriser toutes.

NATURE. RELIGION.

AIMER la nature, c'est l'aimer pour
elle-même et ne voir que sa beauté et sa
perfection, sans penser aux rapports de
ses productions avec les besoins et les
plaisirs des hommes et des autres êtres
sensibles. On ne l'aime pas, quand on
n'aperçoit dans ses ouvrages que des
instrumens et de simples moyens.

L'utilité de la nature, est son côté pro-
saïque; la beauté seule constitue la poésie de la nature.

L'étude approfondie des parties de la
nature éclaire l'esprit et parle à l'esprit;
mais les vues de l'esprit ne sont pas des
aperçus de l'ame. L'esprit circonscrit,
détermine, limite les objets et n'a d'infini que sa perfectibilité; dans chaque

moment de son existence, il est fini, et ne donne aussi que des résultats finis. L'ame, dans les sentimens qu'elle éprouve et qu'elle inspire, a quelque chose d'infini et d'illimité, elle s'étend, se jette, se perd volontiers dans le vague. Si la connoissance de la nature nourrit la sensibilité, c'est que ces connoissances percent et ouvrent de nouvelles vues à l'ame, et lui procurent la jouissance d'un vaste lointain. D'ailleurs ces connoissances, qui sont des idées précises et distinctes dans les momens où l'esprit juge, redeviennent vagues et confuses dans ceux où l'ame jouit.

La religion , dit-on quelquefois, est nécessaire au peuple. Comme la religion est sans contredit ce qu'il y a de plus pur, de plus grand, de plus auguste dans la nature humaine, ceux qui tiennent ce langage prouvent, sans le savoir, qu'ils estiment beaucoup le peuple, ou qu'ils s'estiment bien peu eux-mêmes.

Ceux-là sont irréligieux qui ne soup-
çonnant pas même ce que c'est que la
religion, parlent sans cesse de son utilité. — Parle-t-on de l'utilité du beau
et du sublime?

Voir dans la religion un simple
moyen, et l'employer uniquement à
défendre, à conserver, à embellir la
vie animale, c'est employer le feu sacré à chauffer son poële et à préparer
ses alimens.

Les beautés célestes, les charmes secrets et divins de la religion se révé-
lent aussi peu à toutes les ames, que
les beautés de la poésie, de la musique et des arts plastiques. Auroit-on
bonne grace d'attaquer la réalité de
l'art, par la raison que les hommes grossiers ne se doutent pas même de ses secrets?

Quand un peuple est religieux et qu'il

admet quelque chose qu'il ne voit pas,
au-delà ou au-dessus de ce qu'il voit, les
grandes catastrophes politiques qui lui
enlèvent son existence, sa constitution,
sa patrie, ne le plongent ni dans l'indifférence, ni dans l'égoïsme. La religion lui offrant quelque chose de spiri-
tuel et d'immuable, lui conserve de l'intérêt pour ce qui seul a du prix. Quand
un peuple est sans religion, et que quelque révolution bouleverse l'état et la
constitution qui lui inspiroient encore
quelques affections désintéressées, il ne
s'intéresse plus à rien et il tombe dans
le plus affreux égoïsme.

Employer les principes de la morale
et de la religion à faire commettre des
crimes, c'est prendre du feu sur l'autel
de Vesta pour allumer un incendie ;
couvrir la pourriture de ses actions de
phrases et d'expressions saintes, c'est
ajouter la dérision à l'insulte, c'est ou-
trager la vertu par l'hypocrisie de son

langage, plus qu'on ne le feroit par la
franchise du desordre. Messaline, en se
dérobant la nuit du palais des Césars,
pour aller prostituer aux porte-faix
dans les carrefours de Rome. l'épouse
de l'empereur et la mère de Britannicus, prenoit le vêtement d'une courtisane et non celui d'une prêtresse qui
va sacrifier sur les autels de la chasteté
et de la pudeur.

L'esprit de la philosophie est souvent
un dissolvant; la religion est un principe de composition et d'union.

Il y a de belles et grandes masses dans
le culte catholique, mais la multitude
de rites mesquins et de petits mouvemens qui sont mêles aux premières, détruisent ou du moins affoiblissent leur
effet. Ces détails gâtent l'ensemble comme
les ornemens de détails nuisent aux beautés des grandes parties dans les bâtimens
gothiques, ou comme la multiplication

de figures ôte toute grandeur aux compositions oratoires.

En général, de petits mouvemens qui se succèdent avec rapidité sont absolument contraires à la grandeur, à la majesté, au sublime; ils fatiguent l'ame sans l'émouvoir et ne lui permettent pas de recevoir des objets des impressions profondes, ni d'entrer profondément en elle-même. Dans les arts, l'histoire, l'éloquence, la poésie, la religion, il faut des masses imposantes, comme dans la nature ces grandes, hautes, puissantes vagues, de la mer.

Il n'y avoit rien d'infini dans la religion des Grecs; tout y étoit clair, transparent, régulier, fini comme les temples des dieux; aërien et léger, comme les colonnes qui les portoient. Dans la religion chrétienne tout est sombre, mystérieux, profond, infini, comme les voûtes obscures et les noirs vitraux des églises gothiques: le caractère des deux religions se peint parfaitement dans l'architecture des deux âges ; tout est beau dans l'une ; tout est sublime dans l'autre.

BEAU, ARTS, STYLE.

Un objet n'est pas beau parce qu'il plaît, mais il y a des objets qui plaisent parce qu'ils sont beaux. Une des causes principales des jugemens contradictoires qu'on porte sur un objet relativement à la beauté, c'est qu'on oublie que la beauté n'est pas l'unique principe de nos plaisirs.

Ce qui caractérise le beau, c'est la contradiction apparente qu'il renferme; d'un côté, le beau est relatif, c'est un rapport de plaisir; de l'autre, le jugement que nous portons sur ce plaisir prétend, par sa nature, à une universalité. Quiconque dit: cela est beau, dit, par cela même, que les autres doivent aussi le trouver tel. Son jugement pourra être rejeté par tous ceux qui vivent avec lui, et il croira toujours que son jugement obtiendra l'assentiment universel, ou mérite de l'obtenir. On ne pourra jamais lui dire avec vérité, votre jugement est juste, mais il n'est juste que pour vous, et vos prétentions sont absurdes. Il faudra lui prouver que son jugement est faux, qu'il nomme beau ce qui ne l'est pas, et alors ses prétentions tomberont d'elles-mêmes.

La poésie ancienne est fraîche, vive, brillante comme l'espérance, la poésie moderne est douce, touchante, triste comme le souvenir.

L'enflure dans la poésie et dans l'éloquence est à l'élévation et à la majesté ce que l'hydropisie est à l'embonpoint.

Quand on traduit ou qu'on imite un poëte, il faut se demander comment il auroit parlé s'il avoit parlé notre langue, et alors la traduction deviendra

libre et heureuse; on donnera aux
lecteurs la sensation que leur avoit faite
l'original, tandis que le poëte sera mé-
connoissable, si on le traduit servile-
ment. C'est en général de cette manière
qu'il faut suivre l'exemple des grands
hommes, non pas en faisant ce qu'ils
ont fait dans les circonstances où ils se
sont trouvés, mais en faisant tout ce
qu'ils auroient fait dans les nôtres.

Une production intéressante peut
fort bien ne pas être belle, un bel
ouvrage peut ne pas être intéressant. Le
plaisir du beau est froid mais pur, le
plaisir que donne ce qui est intéressant
est peut-être plus vif, mais aussi plus
mêlé d'alliage. L'intéressant est plus relatif à l'individu ; le beau a quelque
chose de plus absolu et de plus universel. Ce qui est intéressant suppose
dans le sujet une certaine réceptivité;
le beau suppose dans l'objet lui-même
certaines qualités ou certains caractères.

Si la simplicité de l'expression relève la grandeur de la pensée, la grandeur de la pensée fait aussi paroître quelquefois l'expression simple.

C'est la même pensée, dit-on quelquefois, l'expression seule diffère ; mais si les deux expressions sont justes, belles, pittoresques, quoique différentes, ou que l'une d'elles ait seule ces caractères, il est clair que ce n'est pas la même pensée; car il est clair que l'un des auteurs a senti et indiqué, ou négligé et méconnu des rapports qui avoient échappé ou n'avoient pas échappé à l'autre. S'il en étoit autrement, d'où résulteroit la différence des expressions ?

Il faudroit proprement lire deux fois tous les ouvrages raisonnés, pour les lire avec fruit, la première, en s'oubliant soi-même et ses idées, afin de se placer dans le point de vue de l'au-

teur et de le comprendre ; la seconde,
en opposant ses propres principes et ses
propres idées à celles de l'auteur, afin
de le juger. D'abord on ne doit pas
avoir d'autre esprit que celui du livre
que l'on lit ; on doit même lui en prêter du même genre que le sien, si on
le peut ; on doit donner plus de force
à ses argumens, chercher des réponses
aux objections que ses idées présentent, et défendre sa thèse mieux qu'il
ne le fait lui-même ; ensuite on rede-
vient soi, et l'on attaque la raison de
l'auteur avec toute sa propre raison.

On se comprend soi-même, et l'on se
juge être dans le vrai, parce qu'on attache aux mots des sensations ou des
sentimens, ou des représentations que
ces mots ne reproduisent pas précisément de la même manière dans l'ame
des autres. Ils vous trouvent incom-
préhensibles ; vous vous sentez et vous
trouvez clair, et vous criez à l'injus-

tice, eux ils crient à la prétention, et dans vos plaintes vous avez également tort l'un et l'autre.

Le beau suppose la règle, l'unité, l'accord parfait et les proportions des parties; le sublime naît de l'idée de la force et d'une force indéfinie. Sous ce rapport, la moralité ressemble plus à la beauté, l'héroïsme de la vertu au sublime; les ames morales seront plus frappées du beau. les ames fortes et héroïques le seront plus du sublime.

Ce n'est que dans le calme des passions et dans le silence des intérêts que les beaux-arts font sur nous des impressions profondes; c'est dans le même état de l'ame que le devoir et l'héroïsme parlent à notre cœur. C'est une première raison de l'analogie qui se trouve entre la beauté et la vertu.

Il y a des hommes qui ont le génie de la vertu, comme il y a des écrivains de génie ; ces hommes-là sont ceux qui font des actions généreuses, délicates et héroïques avec facilité et avec enthousiasme, par une espèce d'inspiration soudaine. Ces mêmes hommes pourront tomber dans de grands défauts, et frapperont peut-être par les irrégularités de leur conduite, comme les écrivains de génie frappent quelquefois par un défaut de goût. Les honnêtes gens qui n'ont d'autre mérite que l'habitude de suivre la règle, crieront contre eux, comme les écrivains corrects s'élèvent contre les écrivains de génie; ce sera par la même raison, ce sera faute de les comprendre.

On auroit tort de croire que les arts servent la cause de la vertu en développant la sensibilité, car, selon la direction qu'elle aura prise, elle sera ou l'alliée ou l'ennemie de la vertu. Donne-t-on de l'énergie à la sensibilité, en l'ébranlant par des émotions fortes?

cette énergie deviendra facilement celle des passions, et les principes rencontreront dans l'ame une terrible résistance. Attendrit-on la sensibilité par des affections douces et des situations touchantes? cette tendresse dégénérera facilement en foiblesse; l'ame amollie et efféminée ne sera plus capable de s'imposer des privations, ou de faire des sacrifices.

Il est certain qu'on peut faire sortir un effet tragique d'une immoralité. Les grands crimes, les passions violentes, les vices profonds et vigoureux, sont les ressorts principaux de l'intérêt tragique. La vertu aux prises avec le malheur, ou luttant avec la destinée, et commettant des crimes involontaires, sont des tableaux que la scène nous présente avec succès; mais l'ambition effrénée, la jalousie et ses fureurs, en un mot le délire des passions, produisent sur nous des impressions plus profon-

des et plus fortes. Elles nous donnent
une idée confuse de ce qu'il y a d'infini dans l'homme et dans la nature, et
nous révêlent les secrets de l'un et les
mystères de l'autre. Au fond, nous ne
répugnons dans les ouvrages de l'art et
dans les fictions de la poésie, qu'à la
vue de la lâcheté et de la foiblesse, à la
perfidie et à la méchanceté. La force
appelle la force, et nous voulons que
le jeu rapide, prononcé, violent de la
force, agissant sur nous, nous donne la
conscience de la nôtre. L'énergie de la
vertu nous frappera sans doute plus
que l'énergie du crime, mais l'énergie de
la vertu suppose l'énergie des passions;
car la force se mesure par la résistance
dont elle triomphe. Dans les arts, le besoin d'énergie est le premier de tous.

Les anciens et les modernes ont dit
que la poésie dramatique épure les passions. Au premier coup-d'œil cette assertion paroît absurde, car la tragédie

excite les passions. Mais ne les épure-
roit-elle pas en étouffant les passions
personnelles, et en nous faisant entièrement oublier notre moi? La tragédie
nous transporte hors de nous-mêmes;
l'imagination et la sympathie agissent
seules : la première nous met à la place
des autres; la seconde nous fait parta-
ger des sentimens et des affections qui
nous sont étrangers. Dès-lors, nous ne
rapportons plus les passions et leurs
objets à notre propre bonheur ou à notre malheur, mais nous les considérons
et nous les éprouvons dans leur pureté, comme le jeu libre de l'imagination et de la sensibilité. N'étant pas personnellement intéressés à ce qui se fait
et à ce qui se passe, nous pouvons conserver, au milieu des émotions les plus
vives, cette espèce de calme et d'indépendance qui nous permet de juger les
ouvrages de l'art.

Pour que le théâtre épure les passions et nous affecte sans nous asservir, qu'il excite notre intérêt, et nous laisse en même temps de la liberté d'esprit, il faut éviter les extrêmes. Si l'on frappoit les sens par des objets hideux, l'imagination par des scènes révoltantes, si l'on tiroit les sujets de tragédie d'événemens trop voisins de nous, trop connus, et qui ont un rapport direct avec l'orgueil national, les émotions deviendroient trop fortes et nous regarderoient personnellement; nous perdrions ce repos et cette liberté d'esprit nécessaires à quiconque veut juger les ouvrages de l'art. D'un autre côté, il faut éviter de dessiner des caractères abstraits ou vagues, d'imaginer des situations qui laissent le lecteur ou le spectateur dans un état d'apathie, de mettre dans la bouche de ses personnages des pensées ou des sentimens qui tous se ressemblent, et que d'autres pourroient également énoncer. Dans ce cas, on laisse à coup sûr les lecteurs et les spectateurs dans une grande liberté d'esprit, mais on ne leur inspire pas le moindre intérêt, et au lieu de leur faire oublier leur moi, on les y ramène.

Voulez-vous sentir la différence qu'il y a entre la vérité historique et la vérité poétique ; comparez l'école flamande et l'école italienne; en quittant l'une pour l'autre, on quitte le monde réel pour le monde des idées.

En contemplant les tableaux flamands, on est content d'eux ou content de soi-même; en contemplant les tableaux italiens, on est toujours mécontent de soi-même.

Il y a dans tous les arts, dans la poésie comme dans la peinture, la magie du clair-obscur et du lointain.

Ce clair-obscur du style poétique consiste dans l'infini de l'expression, qu'il

faut bien distinguer de l'infini de l'idéal.
On saisit et l'on produit l'infini de l'i-
déal, quand, partant de l'idée la plus
générale d'une passion ou d'un sentiment quelconque, on la peint sous des
formes individuelles et déterminées; on
atteint à l'infini de l'expression, en
choisissant des termes qui réveillent
dans l'ame une foule d'idées accessoires.

Quand l'expression poétique est précise, sans offrir ce vague délicieux à
l'imagination, elle est correcte et juste,
mais pauvre; quand elle offre ce vague
et qu'elle manque de précision, elle
manque de poésie, car elle ne peint pas
l'objet principal.

Ces idées accessoires, que l'expression poétique doit réveiller et présenter dans le lointain, doivent être homo-
gènes ou du moins analogues à l'objet
principal; sans cela, il y auroit division, divergence, partage d'intérêt et

d'attention, et par conséquent défaut
d'attention et d'intérêt.

Il y a des harmonies secrètes et puissantes entre les événemens, et les circonstances physiques qui les accompagnent quelquefois, entre les actions des
hommes et certains accidens de la nature, que l'imagination sensible du génie peut seule saisir et rendre, et qui
produisent des impressions profondes
sur l'imagination sensible des lecteurs.
Quel sublime rapprochement dans Tacite, que cet orage et cette pluie qui
tombent par torrens pendant le modeste
convoi de Britannicus!

La fable de Prométhée et d'Epimé-
thée revient à la pensée de Rousseau:
il n'y a rien de beau que ce qui n'est
pas. On est content de sa création, pendant qu'on l'enfante, et au moment
même où on l'a produite; ensuite on
la juge différemment, et l'on se repent

de l'avoir mise au jour. Il faut être un dieu ou un homme ordinaire pour faire autrement. Il n'y a que l'intelligence divine qui puisse dire de son propre ouvrage : *Cela est bon.*

Les écrivains originaux sont des sources vives; les écrivains qui ne sont pas originaux, et qui recueillent ou conservent les pensées des autres, ne sont que des citernes où l'on ramasse les eaux des pluies.

Le mérite de la concision n'en est un que pour les esprits supérieurs, ou du moins pour les esprits développés; c'est peut-être un défaut, quand on parle au peuple qui n'est pas fait pour se nourrir d'essences ni de consommés.

Quand, dans l'immensité des êtres on saisit un point de vue unique, une seule pensée à laquelle on ramène tout, ou du moins un petit nombre de principes, dans lesquels vont se réunir et se confondre le nombre infini des faits, on marche dans l'univers comme les dieux d'Homère, qui faisoient trois pas et qui arrivoient aux bornes de l'espace. Quand on porte sur un point de l'univers un œil microscopique, et que doué de l'esprit de l'observation on le dirige sur les nuances et les détails, on fait, comme disoit une femme d'esprit, cent mille lieues sur une feuille de parquet. C'est ainsi que Lyonnet a écrit l'histoire de la chenille du saule, et Marivaux celle des passions.

Avec l'esprit d'observation à un très-haut degré, l'infini de l'univers en grand peut vous échapper; mais avec cet esprit vous apercevrez l'infini, dans une mite, une poussière, une goutte d'eau.

On croit communément que les contrastes dans les arts ne servent qu'à faire ressortir l'idée principale et le sujet

qu'on veut mettre en saillie. On se trom-
pe. Les contrastes sont le moyen principal dont les arts se servent, pour donner de la vérité et de l'intérêt au sujet
qu'ils traitent. Tout tient de tout dans
la nature, et tout doit aussi tenir de
tout dans les idées que l'imagination
des hommes enfante. Les contrastes modifient une expression par une autre,
une scène par une autre, un sentiment
par un autre, et leur donnent ainsi une
vérité qu'elles n'auroient pas, si l'une
d'elles se présentoit isolée et au plus
haut degré de sa force. L'opposition apparente entre deux sentimens ou deux
idées, qui font contraste ensemble, cache un lien secret et un rapport intime
qui les unit; c'est une seule idée qui
s'ébranche et se divise dans la thèse et
dans l'antithèse ; pour la reproduire
dans son entier, il falloit présenter l'une
à côté de l'autre.

ORDRE SOCIAL, SOCIÉTÉ.

Il faut que les esprits s'occupent, que les hommes parlent, qu'il règne dans les empires un faux air de liberté; c'est ce qui fait que dans certains gouvernemens, où le peuple n'étoit pas encore mûr pour la servitude, on a laissé subsister quelques formes libres.

Il en est de la liberté chez certains peuples, comme de l'aisance dans certaines familles ruinées; on y est ruiné, et on ne veut pas le paroître; on manque du nécessaire, et l'on affecte encore les dehors du superflu; on n'a pas de pain, et l'on conserve encore quelques meubles de prix.

La constitution d'un peuple et les ressorts qui la font mouvoir, sont le

principe vital de l'existence de ce peuple. Les lois doivent avoir un rapport
direct avec lui. Raisonnables en elles-
mêmes, les lois peuvent souvent aller
dans un sens contraire à la constitution, et elles préparent alors une révolution dans l'état ou la dissolution de
l'état. Des alimens sains peuvent ne pas
être appropriés à une certaine organisation, et par cela même entraîner sa
ruine. On a trop perdu cette maxime
de vue dans ces derniers temps, l'on a
enté sur un trône monarchique, des
lois, des usages, des institutions qui ap-
partenoient à la démocratie, et cette
greffe imprudente a amené la pourriture et la chute du trône.

La raison et même la conscience du
peuple consistent dans un petit nombre
de maximes qui lui viennent de l'éducation, de la religion, et surtout de l'esprit et de la marche du gouvernement.
Quand le gouvernement n'a plus de

maximes, le peuple perd bientôt les siennes, et devient vacillant et indifférent comme ceux qui le gouvernent. Quand, sous prétexte de perfectionner l'éducation et la religion, les méthodes dans l'une et les formes dans l'autre se succèdent avec une effrayante rapidité, il n'y a plus rien de fixe ni d'arrêté pour le peuple; il ne tient plus à rien, et tout devient une affaire de mode.

La corruption de la masse du peuple commence toujours par celle des mœurs, et la corruption des mœurs par les progrès des arts et par l'inégalité des fortunes. La corruption des classes développées commence souvent par l'esprit, et la corruption de l'esprit par le goût et le talent du sophisme. Les sophismes qui ébranlent les principes s'insinuent dans les classes inférieures, et suintent en quelque sorte partout. A la fin, ces deux genres de corruption se rencontrent et se confondent. Alors la

corruption des mœurs augmente et développe la passion des sophismes, et la
passion des sophismes hâte et accélère
la corruption des mœurs.

Le développement indéfini du travail, de la richesse, des arts, des idées,
tient à un mouvement continuel, et
entretient ce mouvement qui ne laisse
subsister rien d'arrêté, de constant, d'invariable. D'un autre côté, l'ordre social, le respect pour les lois, l'attachement à la patrie, tiennent à une sorte
de constance et d'immutabilité qui paroissent incompatibles avec le développement. Ainsi, il y a une opposition
frappante entre ce qu'exige la stabilité
des états, et ce qu'amène la marche progressive de l'esprit humain. Les états
modernes contiennent tous en eux-mêmes un principe de dissolution.

On a souvent opposé la barbarie à la
civilisation, l'ignorance aux lumières,

et l'on a pesé leurs avantages et leurs inconvéniens. L'époque de la révolution qui a été appelée à juste titre le régime de la terreur, a réuni, pour l'effroi et la leçon du monde, les deux extrêmes. Empruntant de la civilisation les idées nécessaires pour former et calculer des plans atroces, et de la barbarie la force nécessaire pour la réaliser, elle a produit des êtres monstrueux, qui avoient à-la-fois la fièvre chaude et la fièvre putride.

La puissance de la pensée ne détruira jamais le fléau de la guerre, parce que la pensée n'éteindra jamais le foyer des passions; mais d'un autre côté la guerre, et en général l'abus de la force physique, n'empêchera pas l'action de la pensée et ne détruira pas sa puissance. Il en est de la pensée comme de la terre; la guerre peut ravager les moissons, et arrêter quelque temps les travaux de la culture; mais la nature et

l'ame conservent leur fécondité et re-
commencent toujours à produire.

Une nation se met au-dessus des principes et des lois morales, et après les
avoir violées s'en amuse, et dans les
jeux de son imagination déréglée se
joue de sa propre corruption; une autre enfreint souvent les lois et porte
atteinte aux principes, mais elle aime
mieux y lire sa condamnation que d'é-
branler leur autorité, et tout en les
violant elle les respecte. La première a
de mauvaises mœurs, et soutient que
les mœurs sont une chose indifférente,
et, vaine de ses vices, tâche de paroître
pire qu'elle ne l'est en effet; la seconde
tombe dans les mêmes désordres de
conduite, et dans de plus grands peut-
être encore, mais elle les cache et les
dissimule; elle en a honte, elle ne s'é-
gaie jamais à leurs dépens. Laquelle de
ces deux nations vous paroît la plus
estimable ?

Si la division du travail continue à faire des progrès à l'indéfini, et si les travaux devenoient héréditaires dans les familles, comme ils l'étoient dans les anciennes castes, il viendroit peut-être un moment où le génie imparfait, mais perfectible de l'homme, ressembleroit à l'instinct borné, mais parfait dans son genre, des animaux, et où l'homme aussi ne sauroit plus faire qu'une seule chose.

La raison et la liberté n'existent jamais dans l'homme qu'en puissance; elles se développent sans cesse, mais elles ne sont jamais formées ; elles marchent toujours, mais elles ne sont jamais arrivées à leur dernier terme; l'ignorance et les erreurs s'opposent aux progrès de l'une, les besoins, les intérêts, les passions combattent sans relâche l'empire de l'autre ; la foiblesse n'engage pas même le combat avec ces ennemis, ou elle le soutient mollement et signe bientôt une paix honteuse. La première condition du règne de la liberté et des progrès de la raisons est la force et la fermeté du caractère.

Les événemens qui jettent la société hors de ses ornières, ou qui brisent le pivot sur lequel elle exécutoit son mouvement, semblent enlever la plupart des hommes à eux-mêmes ; comme ils n'avoient que des habitudes, au lieu de principes, et une routine aveugle pour toute sagesse, tout leur manque et tout s'ébranle à leurs yeux dans des circonstances pareilles. Aussi déshonorent-ils leur esprit par des sottises, et leur cœur par des bassesses et des lâchetés.

On dit de beaucoup d'hommes dans les crises politiques et civiles, ils ont perdu la tête ou ils ont démenti leur caractère. Erreur ! on leur avoit faussement attribué l'un et l'autre. Il n'y a que ceux qui n'ont pas de tête qui la perdent, et que ceux qui sont sans caractère qui se démentent eux-mêmes.

Le mauvais exemple du prince suffit pour corrompre une nation ; les bons exemples du prince ne suffisent pas pour la réformer.

On ne déplaît jamais autant à un prince vertueux par de certains déréglemens de conduite, qu'on déplaît à un prince vicieux par une régularité soutenue et parfaite.

Tout marche dans les sociétés politique ; rien n'est stationnaire ; souvent le gouvernement seul est immobile. Comme il n'y a pas un corps d'observateurs qui suive la marche des mœurs et des opinions, le gouvernement n'est averti de l'existence du mal que lorsqu'il est à son comble. Il prend alors les effets pour les causes ou les causes pour les effets ; il veut combattre la

maladie par le jeu des ressorts et des
organes qui sont dérangés sans qu'il le
sache et dont la foiblesse constitue la
maladie; souvent encore il oppose de
petits moyens à de grands maux; c'est
vouloir arrêter la mer par des pailles.

Il y a toujours dans la société, comme
dans le parlement d'Angleterre, un parti
d'opposition qui contrôle, combat, attaque tout ce qui se fait, se dit, se découvre, s'invente, tout ce qui est
nouveau et différent du passé; ce parti
de l'opposition est composé de l'ancien
ministère de la société, c'est-à-dire des
vieillards, et de tous ceux qui ne donnent
plus le ton dans la société; il est dirigé
contre le nouveau ministère, c'est-à-
dire contre les jeunes gens, qui donnent
aujourd'hui l'impulsion, mais qui avec
le temps perdent leurs places, sont rem-
placés par d'autres et recrutent à leur
tour l'opposition. L'existence de ce parti
de l'opposition dans la société y entre-

tient la vie spirituelle et morale, amène
le conflit et la liberté des opinions,
prévient beaucoup de bouleversemens,
conserve l'ancien patrimoine en fait
d'institutions et d'idées, et fait passer
les nouvelles par un creuset épurateur.

Dans les constitutions où la souveraineté est partagée, il faut placer l'ini-
tiative des lois dans les corps, et le veto
dans le prince. Un gouvernement, pour
peu qu'il soit ancien, a toujours un esprit
conservateur; un peuple, pour peu qu'il
soit développé, a toujours un esprit in-
novateur. La pensée nationale, comme
toute pensée, résulte de l'action combinée de l'imagination et du jugement;
l'imagination doit se trouver dans l'action
des représentans du peuple, le jugement
dans l'action du prince.

Chez les anciens, l'habitude et la perfection des exercices corporels, l'amour
de la patrie, la liberté d'entreprise et

l'audace d'action, que donnent l'entier affranchissement de toute espèce de commerce et de travail mécanique, étoient les ressorts des armées. Chez les peuples modernes, dans une nation, c'est l'enthousiasme de l'honneur et de la gloire qui est le principe vital de ses exploits et de ses succès; dans une autre, le goût et le talent des combinaisons, dans une troisième une bravoure de tempéramment, dans une autre encore une obéissance aveugle et passive. Peut on faire jouer tous ces ressorts à la fois, ou bien les uns nuisent-ils aux autres et se paralysent-ils réciproquement?

Il n'est pas douteux que, vu les développemens et les formes que la tactique a prises dans les temps modernes, les généraux ne doivent joindre au courage de l'esprit, à la hardiesse et à la fermeté du caractère, beaucoup de lumières et de connoissances acquises; mais selon la nature du principe vital des armées, on devra craindre ou espérer que ces lumières se répandent dans tous les rangs de l'armée. Les lumières rendront l'obéissance plus douteuse ou du moins plus difficile; plus il y aura d'idées dans les individus, plus il y aura de divergence dans les mouvemens, moins il y aura d'unité; tout le monde voudra commander; personne n'exécutera les ordres, sans les examiner, les contrôler, les critiquer. Les subalternes supporteront avec peine leurs fonctions purement machinales; on ne sauroit être à la fois pensée et machine, artiste et instrument.

VERTU, PASSIONS, BONHEUR.

O<small>N</small> réussit par ses défauts presque autant que par ses vertus, pourvu qu'on ait les défauts de son siècle, de sa nation et de son entreprise.

On n'a pas besoin de l'assentiment des autres pour tenir fortement à ses principes. Pour peu qu'on ait du caractère, on n'en douteroit pas, quand on seroit seul de son avis.

On tient quelquefois à ses principes à raison de ce qu'ils sont proscrites et rejetés; comme on s'attache aux malheureux ou aux hommes de mérite injustement persécutés.

L'antiquité d'un principe inspire une sorte de respect involontaire; quand on le retrouve dans tous les écrivains su-

périeurs, dans toutes les ames d'élite
des siècles antérieurs aux nôtres, il acquiert une plus grande certitude et une
sorte de noblesse morale en passant par
le tamis des siècles. Alors il semble qu'il
appartienne à la nature humaine et qu'il
soit une espèce de sceau auquel on reconnoisse ceux qui sont héritiers légi-
times de la grande famille.

Il est des temps où la retraite est le
premier devoir de l'honnête homme.
Il faut qu'il enfouisse l'or pur de ses
sentimens et de ses pensées, de crainte
qu'on ne le lui enlève ou que le contact de l'air ne le rouille. On doit fuir
la société, quand il seroit dangereux
de parler, pénible de garder le silence,
et que le silence lui même seroit déjà
une espèce de trahison faite à la vérité
et aux principes.

Une vue de l'esprit ressemble quelquefois à un mouvement de l'ame, et une

idée à un sentiment. D'un autre côté l'instinct du sentiment opère quelquefois comme le génie, et enfante, sans le savoir, de grandes pensées. Une personne d'une intelligence supérieure et d'un cœur froid, et une personne d'un esprit ordinaire, mais qui a beaucoup d'ame, paroîtront quelquefois changer de rôle.

La fierté d'une ame atroce mais forte, ne lui épargne pas des crimes ni l'horreur des cœurs honnêtes, mais elle la sauve des perfidies, des bassesses, et par conséquent du mépris. Quand on lit, dans Tacite, le discours d'Agrippine accusée d'avoir conspiré contre son fils, on ne peut se défendre d'admiration : on se rappelle sans doute que cette femme a commis des crimes pour faire régner Néron; mais dans ce genre même le lâche empoisonneur de Britannicus, accusant sa mère pour se défaire d'elle, ne sauroit soutenir le parallèle.

Il y a dans l'histoire romaine , sous les empereurs , des rafinemens de débauches, de désordres, de cruautés dans tous les genres , qui n'ont tenu qu'à un besoin vague d'activité d'esprit , ou à un mouvement déréglé de l'imagination. Le comble du crime paroît n'être quelquefois qu'une affreuse bizarrerie.

Il y a des saisons pour les passions , comme pour les différentes sortes de vêtemens. L'ambition révolteroit dans un enfant , l'avarice à cet âge feroit horreur; autant vaudroit-il le voir chargé de rides , marcher sur des béquilles. Chaque chose a son temps ; les passions, et même les vices, ont leurs bienséances et leur étiquette.

On a eu tort d'appliquer en Allemagne le mot d'humanité à toutes les qualités qui se trouvent dans la nature humaine perfectionnée et développée. C'étoit une belle et grande idée d'attacher exclusivement ce mot aux sentimens et aux actions qui tiennent à l'amour pur et désintéressé de l'espèce humaine, et de n'appeler humain que ce qui rassure, console et soulage l'humanité. C'est faire déroger ce nom sacré, et le dégrader en quelque sorte, que de le donner au génie ou au goût des arts, etc., etc.

La force sans humanité fait peur; l'humanité sans force et sans énergie fait pitié. L'une est un principe du mouvement sans direction bienfaisante; l'autre un principe directeur sans un principe de mouvement.

La philosophie a rarement donné du courage d'esprit et du caractère, mais le courage et le caractère ont donné quelquefois de la philosophie. Les règles et les théories n'ont jamais donné à personne du génie, ni même du talent; mais les productions du talent ont pu le conduire à la connoissance des règles.

Il n'y a point d'hommes plus redoutables que ceux qui méprisent la vie et qui ne voient et ne craignent rien après la mort.

Ceux qui aiment la vie par dessus tout, ne devroient aimer qu'elle. Cet amour n'admet pas de partage ; et tous les objets qui ont un prix réel, ne peuvent s'acquérir ou se conserver que par le mépris de la vie.

La paresse peut conduire à tout ; elle feroit aimer l'esclavage, s'il ne condamnoit pas les esclaves aux travaux les plus pénibles.

Les hommes supportent souvent avec impatience les maux inévitables de la nature, qui ne devroient leur inspirer qu'une soumission volontaire et réfléchie ; ils supportent avec une patience servile les maux que leur font leurs semblables qu'ils devroient prévenir ou corriger, et qui devroient du moins toujours exciter leur indignation. La paresse explique ce phénomène. Quand il est impossible d'agir, on murmure et l'on s'agite; quand il seroit possible d'agir, on souffre et l'on se tait.

Le bonheur général est le correctif des peines particulières pour les ames délicates; le malheur général est le correctif des maux personnels pour les ames communes.

Les vices et les vertus ne diffèrent souvent que par le degré, et il y a quelquefois de fausses ressemblances entre ces qualités si hétérogènes. Il est très-difficile de saisir, sur la ligne délicate du milieu, le point où se fait le passage de la vertu au vice, et du vice à la vertu. Un œil exercé et impartial peut seul faire apercevoir ces nuances avec justesse. Les flatteurs et les détracteurs le savent bien; les uns et les autres profitent de ces ressemblances du vice et de la vertu; les uns pour donner à la vertu les couleurs du vice ; les autres pour donner au vice les couleurs de la vertu. Selon la nature du caractère d'un homme, et selon les expériences qu'il a faites dans la société et dans le monde, il sera plus porté à voir le vice sous les dehors de la vertu, ou la vertu sous les apparences du vice. Quand on a le malheur de vivre dans un siècle aussi corrompu que celui de Tacite, et qu'une action peut être également bien expliquée par deux solutions différentes, on incline plus pour celle qui est peu honorable à l'espèce humaine.

Le malheur jette dans le monde des idées, le bonheur vous concentre dans la réalité. Aussi est-il bien plus difficile de supporter le bonheur que le malheur avec dignité; car la dignité consiste à être au-dessus de ce qui est et à voir quelque chose au-delà.

La liberté morale consiste dans le règne du devoir ; la liberté civile et politique consiste dans le règne de la loi ; la servitude morale dans le règne des passions ; la servitude politique dans le règne de l'homme et de sa volonté arbitraire. Le règne de la loi est bon, lors même que telle ou telle loi seroit mauvaise ; le règne de l'homme est nuisible et funeste, lors même que l'homme seroit bon, et sa volonté arbitraire, raisonnable.

Le règne de la loi suppose toujours une constitution, c'est-à-dire le partage de la souveraineté. Le règne de l'homme, lors même qu'il seroit en apparence soumis aux lois et à des lois fixes, suppose l'absence de toute constitution.

Il faut des mœurs et du caractère pour supporter la liberté toute entière, et il ne faut que de l'esprit et des lumières pour ne pas supporter toute la servi-

tude. Quiconque est fier veut la liberté
toute entière et souvent en est digne;
quiconque est vain ne veut pas la servitude toute entière et souvent la mérite.

Dans toutes les sociétés riches et cor-
rompues , il y a un petit nombre
d'hommes qui ont le courage de leurs
propres pensées, l'énergie du crime; ils
sont méchans et hardis. Un plus grand
nombre est méchant et timide. Ces derniers conçoivent le mal, ils le veulent
même, mais ils sont trop lâches pour
le faire. La multitude ne veut pas le
mal, ne le fait pas, mais elle craint par
dessus tout les peines, les privations,
les douleurs ; faute de caractère et
de résolution, elle ne s'oppose pas au
crime, s'y résigne et le supporte. Ainsi
la clef de toutes les révolutions se trouve
dans les paroles de Tacite : *Pauci au-*
dent facinus , plures volunt , omnes pa-
tiuntur.

Souvent quand les choses se passent à distance de nous, nous plaçons encore tel ou tel événement dans l'avenir, et il est déjà dans le passé. Rien ne prouve plus l'ignorance et la foiblesse de l'homme et ne semble avec plus de justice accuser l'indifférence apparente du ciel, que les prières et les vœux des malheureux mortels dans des circonstances pareilles. On regarde encore comme incertain, ce qui est déja irrévocablement décidé.

Que de grandes choses les hommes eussent faites, si l'espérance de se mettre au-dessus ou à l'abri des craintes leur avoit inspiré la moitié des sacrifices que la crainte leur a arrachés ! Quand on voit le courage qu'ils ont déployé dans certaines époques de l'histoire pour supporter le malheur, on trouve que la moitié de ce courage converti en courage d'action eût suffi pour prévenir le malheur.

On pourroit peut-être ramener toutes les émotions à la pitié, et c'est ce qui fait que la joie elle-même a quelque chose d'attendrissant. J'inclinerois à croire que l'idée du malheur, comme possible, probable, ou certaine, comme présent ou comme éloigné, se mêle à toutes les émotions que donnent les arts et manifeste ainsi sa puissance. On est touché du malheur que les arts représentent, ou l'on s'irrite des passions malfaisantes qui l'ont amené, ou l'on se réjouit de ce qu'un événement heureux fait échapper au malheur, ou, convaincu de la courte durée des joies humaines, on soupçonne dèjà sous le bonheur présent quelque amertume secrète et cachée.

L'espérance d'un plaisir suffit, comme la crainte d'une peine, pour faire supporter et braver à l'homme les plus terribles douleurs. Voyez les martyrs de la religion; leur exemple prouve que l'impression du bien est plus forte et

plus profonde que celle du mal. Voyez
même les martyrs d'une idée quelconque qui, sans espérances religieuses,
sont morts par attachement pour leurs
principes. Le plaisir attaché au sentiment de la fermeté, de l'énergie, de la
force, l'emportoit chez eux sur les tour-
mens les plus affreux.

On ne désire pas une vie simple, uniforme, resserrée dans un cercle étroit,
afin d'offrir moins de surface aux coups
du sort et de se dérober au mal; mais
on désire une vie de ce genre, parce
qu'elle présente le calme nécessaire à
la véritable activité, et qu'elle prolonge
en quelque sorte l'existence, en la dé-
barrassant de toutes les choses inutiles
ou frivoles.

La plupart des hommes ne voudroient
pas recommencer leur vie, uniquement
parce qu'ils la savent par cœur. Ils ne
peuvent pas se détacher d'eux-mêmes,

ni imaginer comment ils désireroient, espéreroient, posséderoient avec plaisir des objets qu'ils connoissent. Quelque agréable que leur vie ait été, elle manque à leurs yeux, quand ils la projettent dans l'avenir , du premier de tous les charmes, du charme de la nouveauté, c'est-à-dire d'une grande activité.

Il y a des plaisirs qui effacent ou affoiblissent toutes les douleurs, comme il y a des douleurs qui effacent ou affoiblissent tous les plaisirs.

Le plus souvent, la peine ne consiste que dans l'absence d'un bien qu'on avoit possédé, ou qu'on avoit espéré d'obtenir; et le plaisir, dans l'absence d'un mal qu'on avoit souffert ou qu'on avoit craint. Dans ces deux cas, le plaisir et la peine sont en raison directe l'un de l'autre, et par conséquent égaux en intensité.

L'état habituel de la plupart des hommes est un état de repos ou d'indifférence, auquel la peine et le plaisir viennent s'ajouter. Delà vient que nous sommes plus accessibles à la crainte qu'à l'espérance, parce que le mal nous sort de cet état de repos et nous l'enlève; en nous l'enlevant, il nous enlève tout, au lieu que l'absence de tout plaisir positif nous laisse encore ce fond de la vie qui peut suffire à la vie.

Le bonheur attire à vous les ames communes; le malheur vous attache les ames élevées et délicates. Belle et bienfaisante attraction, établie par la nature, qui rapproche ce qu'il y a de plus parfait de ce qu'il y a de plus cruel !

L'unité de caractère ne consiste pas dans une seule qualité ou un seul trait dominant, mais dans un certain mélange ou un certain amalgame de qualités en apparence opposées, ou de traits qui paroissent s'exclure l'un l'autre, et qui restent toujours les mêmes. L'unité de caractère est en général très-rare dans le monde, car elle est toujours l'ouvrage de l'art, et le résultat d'un grand travail de l'homme sur lui-même. La plupart des hommes n'offrent que des élémens contraires, ou des matériaux de caractère qui ont été fournis par la nature et par les circonstances, et qui n'ont pas été élaborés.

D'où vient, dit Beaumarchais dans le Clavigo de Göthe, lorsqu'il voit couler le sang de son adversaire, d'où vient que toute ma colère s'écoule avec son sang? Cette réflexion est d'une vérité profonde, mais effrayante; ce qui fait le désespoir des passions, et en même temps leur supplice, c'est qu'au moment où les actions qu'elles ont inspirées sont faites, elles changent de nature aux yeux de la passion elle-même. Ce qui n'avoit point d'importance en

acquiert; ce qui seul paroissoit impor-
sant cesse de l'être.

Pour bien juger l'action qu'on va
faire, il faudroit peut-être se placer
toujours après l'action. On est bien facile, bien indulgent, bien disposé à saisir le beau côté des choses avant que
l'action soit faite; on est bien sévère,
bien difficile envers soi-même après
l'action. Quelle différence entre la liberté qui peut encore tout, et l'irrévocable nécessité contre laquelle on ne
peut rien.

*Noctem sideribus inlustrem et pla-
cido mari quietam, quasi convincendum
ad scelus, Dii præbuere.* Le calme, le
repos, la beauté paisible de la nature,
forme un contraste sublime dans ce
morceau de Tacite, avec l'agitation de
l'ame de Néron, qui a tout préparé pour
faire périr sa mère. Ce contraste qu'on
retrouve encore dans d'autres écrivains,

est à-la-fois consolant et effrayant. Il est
consolant, puisque le calme et l'ordre
de la nature semblent annoncer qu'il y
a pour l'homme un asyle quelque part;
il est effrayant, car ce calme ressemble
à l'indifférence, et la nature, suivant
sa marche accoutumée et invariable, paroît mettre peu d'importance aux actions humaines.

L'homme voit son crime dans sa conscience, mais il faut qu'il entende ou
qu'il croye entendre dans sa conscience
la voix de la conscience universelle,
pour que sa conscience fasse justice du
coupable. Delà vient que la conscience
des rois et des maîtres du monde s'as-
soupit facilement; les flatteurs leur per-
suadent qu'elle n'est pas l'écho de la
conscience universelle.

Le malheur et le crime sont plus ef-
frayans durant les ténèbres de la nuit.
L'univers cesse en quelque sorte d'exis-

ter pour l'ame, et il ne lui reste qu'elle-
même; elle sent ses peines ou sa faute
sans aucune espèce de distraction. Le
malheur non mérité laisse du moins
subsister pour l'ame un point lumineux;
c'est la conscience qui devient son unique point d'appui. Le crime le lui enlève, et semble la laisser dans le néant,
ou la livrer sans guide, sans allié, sans
une garantie quelconque à cette nature
immense, active, inconnue, dont elle
mérite toute la colère, et qui paroît
s'être obscurcie pour la détruire plus
sûrement.

La lumière du jour répand l'ame sur
le monde des objets, et la réjouit en
l'occupant sans fatigue; la nuit ramène
l'ame sur elle-même, et l'attriste péni-
blement en ne lui offrant rien qui pro-
voque la pensée, la facilite, ou la dé-
lasse. Le clair-obscur de la lune donne
une tristesse voluptueuse ou une joie
mélancolique, parce qu'elle montre et

cache les objets autant qu'il le faut pour
donner l'éveil à l'imagination, et pour
la diriger dans ses rêveries.

Il y a quelque chose d'intéressant,
et une sorte de charme poétique et moral dans ces prodiges que Tite-Live et
Tacite racontent sans y croire. La vertu
et le vice, le bonheur et le malheur des
hommes, acquièrent par-là une importance qui fait du bien au cœur, et qui
relève la dignité de la nature humaine.
Il semble au lecteur que le ciel s'intéresse à la terre, d'une manière directe
et sensible, et que la nature physique
sympathise avec la nature morale.

La vertu dans sa perfection n'est jamais que la perfection de la volonté, et
la volonté n'est qu'une des facultés de
l'homme. La perfection de l'homme tout
entier consiste dans le développement
harmonique de toutes ses facultés, et
la règle n'est qu'une des conditions de

ce développement. En perdant de vue ce principe, et en insistant exclusivement sur l'observation de la règle, on a fait oublier et négliger les autres côtés de la nature humaine. La fleur de la vie ou de l'ame ne s'est pas épanouie, ni développée dans toutes ses directions; souvent même la règle mal présentée, au lieu d'être un principe de force et d'action, n'a été qu'un appui ou un étui auquel on a assujéti la plante pour l'obliger à s'élever en ligne droite, et l'empêcher de prendre une fausse direction.

La loi morale, dans son inflexible rigueur, dégagée de toute espèce de rapports avec la sensibilité, la loi morale qui ne veut que commander, qui ne veut et ne doit pas plaire, ressemble à ces mains de bois qui, sur les grands chemins, indiquent les routes.

Ceux qui rapprochent et confondent la justice et l'humanité ou la bienveillance, et qui voudroient faire croire qu'elles sont une seule et même chose, les compromettent toutes deux. Si vous faites trop ressembler la justice à l'humanité, la justice sera moins stricte, moins sévère, moins sainte; si vous faites trop ressembler l'humanité à la justice, l'humanité sera moins douce, moins aimable, moins délicate. D'ailleurs, à quoi bon ces tours de force? On ne changera pas la nature des choses, et le droit de faire valoir ses droits ne sera jamais l'équivalent de l'obligation de les sacrifier au bonheur des autres.

Les monstres nous étonnent dans la nature, et nous inspirent une sorte d'effroi; c'est bien plutôt l'ordre constant et invariable de la nature qui devroit produire cet effet; car dans le mouvement continuel de toutes les forces et de tous les élémens, ce qu'il y a de plus inconcevable, c'est qu'un type uniforme se conserve, et non qu'il y ait des déviations de ce type. Dans l'empire de la liberté, il doit y avoir plus de variété que sous l'empire de la nécessité; le développement des esprits n'est pas assujéti à la même uniformité que le développement des corps. Il n'y a proprement point de monstres dans le monde moral, car les hommes qui, par leurs excès ou par leur perversité, sont en quelque sorte des désordres vivans et personnifiés, peuvent d'un moment à l'autre, et quand ils le voudront, revenir à l'ordre, en prendre l'empreinte et les traits.

Dans l'ordre de la nature, tous les êtres organisés qui, par un vice de conformation, ne peuvent pas vivre ou du moins exercer toutes leurs fonctions, sont appelés des monstres. Dans la société, ceux qui ne font que végéter, sont quelquefois tentés de donner ce nom aux ames qui ont le plus de vie, d'énergie, d'élasticité, et qui, échappant au cordeau de l'usage de la conscience et de la routine, s'élancent dans les airs et s'y développent d'une manière originale.

Au premier coup-d'œil, c'est une belle idée de croire que tous les défauts et tous les vices viennent d'ignorance, et qu'il suffit de voir et de connoître le bon et le beau pour l'aimer et pour le suivre. Cette doctrine présente de grands avantages. Elle paroît relever la nature humaine, et lui enlever ce principe de corruption naturelle que d'autres ont cru y remarquer; elle met plus d'unité dans l'homme, en établissant une union intime entre l'entendement et la volonté. Il semble aussi qu'elle rende le perfectionnement de l'homme plus facile; on peut plutôt éclairer l'entendement que changer la volonté. Cette doctrine offre aussi de grandes difficultés; elle est opposée à l'expérience, qui nous prouve qu'il ne suffit pas d'être éclairé pour être moralement bon, et que nous marchons souvent à côté de nos lumières; elle semble méconnoître la grande différence qu'il y a entre une vue de l'entendement et une affection de la sensibilité, entre un motif et un penchant; enfin, elle est contraire à la vertu et à la dignité de la nature humaine, car elle place le principe de notre mérite dans nos lumières qui ne dépendent pas de nous. Alors au lieu de donner de la trempe à la volonté, on illumine de plus en plus l'entendement, et les remèdes sont insuffisans, parce qu'on s'est trompé sur le siége du mal.

Les stoïciens ont été les seuls philosophes de l'antiquité qui aient joint une grande indulgence pour les défauts et les vices des hommes à une morale pure et même austère. Cette indulgence avoit un principe tout différent de celle que le christianisme nous recommande. La première tient à l'apa-

thie que les vices des hommes doivent ;
aussi peu que tous les autres maux,
troubler et déranger ; la seconde tient
à l'humilité ; l'une suppose que tous les
hommes peuvent être régénérés, pourvu
qu'on les éclaire , que ce sont des mala-
des qu'on peut guérir ; l'autre part de
l'idée que tous les hommes sont corrom-
pus, et que tous ont besoin de miséri-
corde.

LES GENS DE LETTRES.

La classe des gens de lettres n'existoit pas chez les anciens comme chez les modernes, parce que ceux qui s'occupoient chez eux des arts d'imagination et des sciences, manquoient de moyens de communication; d'ailleurs la communauté de la patrie étoit tout à leurs yeux, et le titre de citoyen effaçoit tous les autres. Aujourd'hui l'association des gens de lettres devroit les rendre citoyens du monde des idées; le vrai et le beau devroient être pour eux ce que la patrie étoit pour les anciens. L'esprit des gens de lettres devroit ressembler à l'esprit de la chevalerie; leur association pure, libre, étroite, seroit formée par la religion des principes, l'amour de l'infini, une sainte haine contre les injustices de toute espèce, et une ardeur

infatigable à combattre avec courage
les erreurs et les vices, les monstres et
les géants du monde moral. Au lieu de
cela, leur esprit est un esprit de corpo-
ration, de parti, d'académie, qui est au
véritable esprit des gens de lettres, ce
que les ordres de chevalerie sont à la
chevalerie.

Quelle puissance que celle des écrivains, s'ils étoient toujours éclairés et
purs ! Quel tribunal que celui de l'opinion, si l'on n'employoit pas tout son
art à l'intimider et à le corrompre !
Quelle seroit belle cette institution qui
opposant la pensée à la force, l'éclaire-
roit et la dirigeroit, ou, la trouvant
sourde à ses leçons, la jugeroit et la
condamneroit ! Mais trop souvent la vé-
nalité et la lâcheté, l'ignorance et les
sophismes des juges d'un côté, la violence et l'adresse des justiciables de l'autre, dénaturent cette institution. Les éloges vénales et la satyre vénale ont tel-

lement discrédité cette puissance et ses organes, qu'on se défie de tous les éloges, et bientôt, malgré la malignité du cœur humain, on ne croira plus à la satire.

Les écrivains de chaque siècle préparent le tribunal de la postérité pour leurs contemporains, et forment le tribunal de la postérité pour les générations qui les ont précédés. Nous sommes la postérité pour les siècles qui sont venus avant le nôtre. Cette idée doit rassurer ceux de nos contemporains qui seroient dans le cas d'arriver à la postérité et de la craindre.

Il n'y a que les grands écrivains qui doivent leur réputation à eux-mêmes, et qui en donnent aux autres hommes. Sans leur gloire, il n'y en a pas d'autre possible. Sans eux les faits et les actions meurent en naissant. Delà il est résulté un grand embarras pour ceux qui vou-

loient que la postérité parlât d'eux, et
qui en même temps craignoient la liberté de son langage.

Les historiens et les poëtes appartiennent à la classe des embaumeurs
chez les Egyptiens; ils conservent les
actions dignes de mémoire et la vie des
grands personnages, comme les derniers conservoient les corps. La postérité ne voit guères que des momies.
Les plus habiles d'entre les écrivains
sont ceux qui, par le coloris de leur
style, injectent les cadavres, mais ils
leur donnent pourtant tout au plus les
apparences de la vie.

Il y a quelque chose de si poëtique
dans la liberté politique que tous les
artistes de génie l'ont aimée secrètement,
lors même qu'ils se sont reniés eux-mêmes pour célébrer ses ennemis naturels.
La liberté est une idée, et sous ce rapport elle doit plaire à l'art; la liberté

est un principe de vie; à elle tient le jeu de l'imagination, et ses combinaisons innombrables; à elle tient encore l'énergie de la volonté, et toute la variété des actions qu'elle enfante.

Les arts d'imagination supposent de la sensibilité dans ceux qu'ils inspirent; cette même sensibilité qui tient quelquefois à la sensibilité des organes, donne le besoin de mille jouissances qui amollissent et énervent l'ame, et que les rois satisfont peut-être mieux que les peuples libres. C'est ce qui explique la foiblesse que les artisans et les poëtes ont montrée dans différentes périodes de l'histoire du monde.

Une absence totale de chaleur et d'enthousiasme dans les éloges que les gens de lettres se donnent les uns aux autres, prouve toujours ou de petites et basses passions, ou un esprit étroit, ou une ame peu sensible.

L'activité console les gens de lettres
du défaut d'espérance. Quand chaque
heure pleine de choses agréables ou
utiles, paie son tribut à l'homme, il est
assez riche pour ne pas tirer des lettres
de change sur l'avenir.

L'étude des sciences exactes et l'étude
de la nature absorbent tellement l'esprit, et demandent un abandon si total
de la part de ceux qui s'y livrent, qu'ils
deviennent presque toujours indifférens
au sort des sociétés humaines. La crainte
qu'avoit Archimède de voir ses cercles
dérangés est commune à tous les savans; le besoin qu'ils ont de tranquil-
lité leur fait redouter les agitations qui
précèdent et qui accompagnent toujours
le règne de la liberté. L'immensité de la
nature dans laquelle l'homme et les plus
vastes états semblent n'occuper qu'un
point, rabaisse et rapetisse à leurs yeux
tous les autres objets. Du moment où
cette mesure sert de terme de compa-

raison, tout perd de son importance
et de sa grandeur. La régularité et l'ordre invariable de la nature contrastent
si fort avec les vicissitudes des sociétés
humaines, que ces dernières ne paroissent offrir au premier coup-d'œil d'autre spectacle que celui du désordre le
plus révoltant. Les savans font honneur
à la nature humaine, mais dans la règle
ils ne se soucient pas des hommes et ne
s'en occupent pas.

L'orgueil du savoir est l'effet des ap-
plaudissemens de la médiocrité; elle est
intéressée à exagérer le mérite de tout
ce qui la dépasse, afin d'en conserver
encore à ses propres yeux, et aux yeux
des autres; elle force en quelque sorte
le savant à se comparer non avec la
science, mais avec ceux qui sont à côté
ou au-dessous de lui, et alors il est
perdu.

Le poëte a dans la règle plus de vanité, le savant plus d'orgueil. Le premier ne peut juger de son mérite que par l'esprit qu'il produit ; il a besoin de consulter le goût des autres ; le second n'a besoin d'apprécier ses idées et ses découvertes que d'après les règles de la certitude et les lois de la logique. Le premier dépend plus de l'opinion, et sa gloire a plutôt l'air d'une monnoie de convention ; le second paroît posséder quelque chose de moins variable et de plus solide, et sa gloire a un prix plus fixe.

Les philosophes connoissent ordinairement beaucoup mieux l'homme que les hommes.

L'habitude des idées générales rend l'esprit moins propre aux observations particulières ; les individus, et bien plus encore les traits individuels, échappent facilement à celui qui voit toujours les espèces et qui embrasse un vaste horizon.

Les sciences exactes faussent souvent
l'esprit pour tout ce qui ne peut pas
être soumis au calcul, et ce qui n'est
pas l'objet d'une démonstration rigoureuse : l'évidence morale est nulle pour
celui qui est accoutumé à l'évidence
mathématique ; son œil ne voit que
les objets déterminés, et il perd ce
tact précieux qui fait saisir, deviner et
apprécier les indéterminées.

L'homme de génie qui s'est beaucoup
occupé des théories, échoue très-sou-
vent dans la conduite des affaires, parce
qu'il ne sauroit imaginer à quel point
la plupart des esprits sont faux ou étroits,
aveuglés par de petites passions, ou
préoccupés de petits intérêts. Il ne connoît jamais suffisamment l'empire des
mauvaises raisons sur les bonnes, des
demi-idées sur les idées complètes, des
considérations personnelles sur les considérations générales, des misères sur
la réalité. Il n'a pas même l'œil assez

microscopique pour découvrir ces objets ; il avoit aperçu et calculé les
grandes résistances, mais les grains de
sable, les pailles légères qui à chaque
instant se glissent entre les roues de la
machine, il aura de la peine à les ap-
percevoir.

De ce que les gens de lettres ont plus
d'idées générales ou de faits dans la
tête que les autres hommes, il ne s'ensuit
pas qu'il faille leur confier la direction
des affaires publiques. Les idées générales égarent en politique bien plutôt
qu'elles ne dirigent ; elles empêchent
l'observation. Quant aux faits, les faits
anciens ne ressemblent jamais et sous
tous les rapports aux faits nouveaux
qu'ils doivent servir à prévoir, à corriger ou à féconder. A la vérité les hommes
instruits et ceux qui font métier de
penser ont perfectionné l'instrument
même de la raison ; ils combinent, ils
comparent, ils saisissent les différences

et les ressemblances des objets avec plus
de facilité que d'autres, mais d'un autre
côté l'habitude d'une marche scienti-
fique ôte peut-être à l'esprit cette per-
spicacité qui opère avec promptitude
dans chaque moment donné, et qui fait
saisir la vérité par une sorte d'instinct.

On ne prend presque jamais dans les
exemples de l'histoire, que ce qu'il y
a d'analogue à notre caractère individuel, et l'on rejette tout ce qui y est
contraire. Ainsi l'histoire fortifie nos
vices et nos défauts; et nous donnera
rarement de nouvelles vertus.

Il y a des affinités morales; ce qui est
homogène s'attire, ce qui est hétérogène
se repousse. Ce que nous sommes décide
des objets sur lesquels l'admiration se
porte, et l'admiration est la première
condition ou le principe de l'imitation.

Les leçons indirectes de l'histoire sont

presque toujours perdues pour la postérité. Les gens de lettres exagèrent leur
utilité et leur importance. Les gens d'affaires les négligent trop. Les premiers
connoissant mieux le passé que le présent, n'aperçoivent que les ressemblances des événemens que les siècles séparent; les seconds, instruits à fonds
des détails du présent, et très-superfi-
ciellement de ceux du passé, sont plus
frappés des différences que des ressemblances.

La gravité de l'histoire tient beaucoup
plus au caractère de l'historien, qu'elle
ne dépend de la nature des événemens.
Il n'y a point d'événement, de révolution,
de héros, qui ne porte avec lui sa pa-
rodie, ou qui ne la porteroit si l'on en
connoissoit tous les détails. Chaque événement, chaque homme, chaque action
a deux faces, l'une sérieuse, l'autre
badine et même bouffonne, le masque
de Thalie et celui de Melpomène.

Il en est des biographies des individus comme de l'histoire des peuples. Les
hommes ne s'observent pas eux-mêmes
et sont peu observés par les autres dans
le premier âge. L'enfance des nations
passe et s'écoule sans qu'elles en conservent les évènemens dans leurs souvenirs. Ainsi dans les biographies, comme
dans les histoires, les commencemens
sont ignorés, les origines obscures, et
l'on voit des effets sans causes.

D'un côté le travail de l'historien doit
avoir toute la hardiesse, tout le feu,
toute la vie d'un travail libre; de l'autre,
le travail de l'historien doit porter l'empreinte de la timidité, de la lenteur,
de la circonspection, qui seules peuvent
garantir la vérité des faits. D'un côté
le tableau de l'historien doit avoir le
mérite de la correction, de la fraîcheur,
de l'ensemble, de l'unité; de l'autre il
doit ressembler à un tableau de mo-
saïque qu'on reproduiroit après qu'il au-

roit été détruit, en employant les mêmes
pastes de verre, dont une partie auroit
été perdue et dont l'autre auroit souffert.

Il me semble que l'homme de lettres
doit être, plus facilement qu'un autre,
un homme de bien, un citoyen désintéressé et généreux. Le premier caractère d'un homme de lettres doit être
d'aimer la science pour elle-même et en
elle-même; non comme moyen, mais
comme but, indépendamment de toute
autre considération; or c'est ainsi qu'il
faut aimer la vertu; familiarisé avec
l'amour pur, l'homme de lettres ne fera
que changer d'objet.

On ne sauroit rendre aux lettres de
plus grand service, que de mettre les
savans au - dessus du besoin : on leur
rend un très-mauvais service, quand on
leur fait connoître le luxe.

La vie sédentaire et retirée convient
aux gens de lettres. La perte du temps,

quelque réelle et grave qu'elle soit, est
le moindre des inconvéniens qui résultent pour eux d'une vie dissipée et mon-
daine. Leurs pensées y deviennent moins
profondes, leurs sentimens moins énergiques, leurs caractères moins prononcés
et moins purs. Ils composent avec les
passions, les vices, les maximes, la
puérilité du monde, et ils y prennent
peu-à-peu sa livrée au lieu de lui donner leur couleur. La vanité des gens du
bel air, des grands, des riches appelle
et invite la vanité des gens de lettres
à venir charmer leur ennui, et il en
résulte un échange continuel et dégoû-
tant de complaisances, de flatteries, de
prétentions, de petites intrigues, de
frivolités; les gens du monde y gagnent
du vernis et un nom éphémère, et
les gens de lettres y perdent peu-à-peu
cette élévation d'ame qui seule appelle
et féconde les grandes pensées.

Quand on vit beaucoup dans le monde,

il faut avoir beaucoup de caractère et
de force pour ne pas croire à la fin que
toutes les questions sont insolubles ou
peu importantes, et toutes les actions
plus ou moins indifférentes.

Les grands qui tirent les gens de lettres
de leur solitude pour les caresser, soit
par désœuvrement soit par calcul, soit
par goût, leur font plus de mal que leurs
ennemis, et servent la cause de la tyrannie, de l'erreur et du vice; car ils
énervent les guerriers qui doivent combattre ces bourreaux de l'espèce humaine.

Il y a de grands seigneurs qui aiment
les gens de lettres, parce qu'ils s'amu-
sent de leurs disputes : ils vont les voir
ou ils les attirent chez eux, comme le
peuple de Rome alloit voir les gladia-
teurs, et comme les Anglois assistent
en foule au combat des coqs.

En plaisant à leurs contemporains,

les écrivains ne sont pas sûrs de plaire
à la postérité ; mais ils auroient tort d'en
conclure qu'ils peuvent en appeler avec
confiance à la postérité, quand ils dé-
plaisent à leurs contemporains.

Quelquefois, mieux on apprend à
connoître ses contemporains, et plus
on devient indifférent aux jugemens de
la postérité ; la génération actuelle étoit
la postérité pour ceux qui travailloient
il y a quelques siècles ; il y a dans cette
simple réflexion de quoi dégriser un
peu les amans de la gloire.

Comment seroit-on tenté de travailler
pour l'avenir, dans un siècle où l'on
ne se souvient presque plus du passé ?

Dans le monde littéraire , comme
dans le monde physique, il se fait une
production et une destruction continuelles. Ce que l'année produit est consommé dans l'année et ne va guère au-

delà. Il faut qu'il se fasse tous les ans
un certain nombre d'ouvrages médio-
cres en littérature, comme il se fait tous
les ans un certain nombre d'ouvrages
mécaniques pour satisfaire les besoins
du moment.

Comme on ne lit presque plus que
pour parler de ce qu'on a lu, il est tout
simple qu'on lise ce qu'il y a de plus
nouveau, car on ne seroit plus écouté
ni même compris, si l'on parloit d'auteurs qui ont cinquante ans.

Tout le monde frappe monnoie aujourd'hui, avec l'or et l'argent qui sont
en circulation ; presque personne ne
descend dans la mine pour en tirer de
nouveaux matériaux. L'excès du mal en
amènera le remède, car les idées, les
images et les sentimens s'usent, comme
les métaux, par l'usage et le frottement,
et éprouvent une déperdition continuelle par la refonte.

Tout homme de lettres et tout savant annonce qu'il fait profession, ou que du moins il se propose d'éclairer et d'amuser ses contemporains ; or dans ce siècle jaloux de tout ce qui s'élève à raison de ce qu'il est vaniteux, ce désir paroît être une prétention punissable, et l'on fait justice de ce crime de lèze-vanité générale.

Il ne faudroit plus parler de l'autorité du génie et de son empire : cette aristocratie, la seule belle et salutaire, a cessé. Il n'y a presque plus de distinctions de rangs dans le monde des esprits. La conviction de l'égalité des esprits a précédé celle de l'égalité des droits, et la première a survécu à l'autre.

On a vu des hommes de génie dans les arts, dans la poésie et dans la philosophie, mélancoliques et tristes. Une profonde sensibilité, ou l'habitude de méditations profondes, produisent éga-

lement cette espèce de tristesse, parce
qu'elles placent l'homme sur les bords
de l'infini. Le Tasse avoit cette espèce
de mélancolie, qui paroît inséparable
d'une sensibilité profonde; Pascal, cette
tristesse que laisse dans l'ame l'habitude des profondes méditations. Au contraire, les hommes de génie dans la vie
active, et surtout les grands capitaines,
ont eu presque tous une sorte de gaîté
d'esprit et de caractère, qui ne les a
pas abandonnés dans les circonstances
même les plus critiques. Cette gaîté n'é-
toit pas une gaîté de tempérament,
mais elle étoit à-la-fois l'effet et le principe de leur génie. Leur volonté forte,
hardie, élastique; leur esprit vaste, facile, fécond en combinaisons heureu-
ses; leur ame, grande et élevée, leur
donnoient la conscience de leur force
et de leur activité. Cette activité, à-la-
fois physique, intellectuelle, morale,
entretenoit toutes leurs facultés dans
une harmonie parfaite. Sûrs d'eux-mê-

mes, ils produisoient des actions bril-
lantes sans effort et avec succès; sûrs de
la gloire, parce que dans ce genre elle
est éclatante et prompte; sûrs des événemens, car ils se sentoient capables de
les amener et de les diriger, ou de les
supporter, ils conservoient toujours de
la gaîté en hommes qui étoient préparés
à tout, et que rien ne pouvoit étonner
ni intimider. César, Henri IV, Gustave-
Adolphe, Frédéric II, avoient cette
gaîté qui est le sceau de la véritable
grandeur.

LES HOMMES.

L'instinct du besoin commence le développement de l'espèce humaine ; le désir de multiplier ses jouissances le fait avancer ; l'habitude de l'activité et l'énergie même des facultés suffisent ensuite pour entretenir le mouvement et pour le conduire aussi loin qu'il peut aller. Les hommes parvenus à ce degré de civilisation, peuvent marcher seuls, et ne demandent à leur propre gouvernement que protection et sûreté, et à la société générale des états que l'absence de toute injustice, c'est-à-dire la paix.

On est quelquefois étonné de la rapidité avec laquelle certaines opinions naissent et se répandent, ou certaines révolutions arrivent ; c'est que l'opinion

étoit formée avant qu'elle se prononçât ;
et que la révolution étoit faite dans les
esprits ; tout le monde attendoit le
signal, personne n'avoit le courage de
le donner, le hasard, l'audace, ou les
circonstances font émettre le mot magique, et tout est consommé.

Dans la saison du travail de la nature, la terre et l'atmosphère sont im-
prégnées de toutes les particules nécessaires au développement des plantes ; tout est prêt pour la végétation ;
la fermentation est invisible, mais pro-
digieuse. Qu'est-ce que la nature attend
pour produire? le noyau ou la semence,
déposée dans le sein de la terre ;
elle servira de point de ralliement à
tous les élémens de végétation dissé-
minés qui ont avec elle des affinités secrètes et actives. Ainsi dans les grandes
révolutions morales, politiques, religieuses, où tout est préparé pour enfanter de nouvelles créations, il faut

un homme ou un premier mouvement,
qui serve de point central et de noyau
à ces principes épars.

La plupart des hommes ne sont re-
tenus dans une certaine honnêteté, que
par l'opinion et l'habitude ; delà vient
l'effrayante progression des crimes et
des bassesses chez les nations civilisées,
quand les premiers exemples ont été
donnés ; alors toutes les barrières sont
rompues, et les esprits se précipitent
dans la vileté.

En voyant à quels imbécilles et à
quels monstres les Romains ont décerné
l'apothéose, on seroit tenté de croire
qu'ils regardoient l'Olympe comme une
espèce de lieu d'exil, de Pandataria de
la terre , et que, par un reste de respect
pour la dignité de la nature humaine,
il les excluoient du nombre des hommes.

Pour estimer les hommes, il ne faut

pas penser à ce qu'ils sont, mais à ce qu'ils peuvent devenir, ils sont grands en puissance.

Voulez-vous juger les républiques représentatives ? il faut voir le peuple dans ses représentans ; quand ils ont été choisis selon des formes raisonnables et propres à mettre le mérite en avant, alors on pourra lui accorder des lumières et des vertus, et l'on concevra qu'il puisse exercer la souveraineté. Voulez-vous attribuer quelque dignité à la nature humaine ? voyez l'espèce humaine dans ses représentans, les hommes de génie et les gens de bien.

Dans ce siècle d'égoïsme, on accuse facilement d'ambition ceux qui sortent du cercle étroit de leurs intérêts personnels pour s'occuper de l'intérêt général. On appelle des beaux noms de simplicité, de calme, de désintéresse-

ment, l'indifférence , la paresse, l'excès de l'amour de soi, qui rendent tant
d'hommes étrangers au mouvement de
la société.

Les hommes ne sont jamais plus em-
pressés à chercher le mérite supérieur,
plus pénétrans à le découvrir , plus pro-
digues de louanges envers lui, que lorsqu'il s'agit de trouver un rival à un
homme dont la gloire les offusque ; alors
ils donnent à leur injustice un faux air
de justice, à leurs petites passions un
coloris de désintéressement. Que d'esprit on a quelquefois employé à faire
une réputation à la médiocrité pour
obscurcir celle du génie !

Tous les suffrages ne comptent pas
dans l'opinion, quand il s'agit de former une réputation ; ils comptent tous,
quand il est question de détruire une
réputation établie. Tel ne vous fera aucun bien par ses éloges, qui pourra

vous faire le plus grand mal par son
blâme, fût-il léger ou mal fondé.

Rien ne prouve mieux comment l'habitude d'une certaine politique fausse
l'esprit et corrompt la justice naturelle
de toute une nation, que de voir le
silence que gardent les historiens latins
les plus purs et les plus énergiques sur
l'injustice des guerres de Rome. Dans
Tacite lui-même on ne trouve rien qui
annonce ou trahisse à cet égard des sentimens humains. Croyoit-il donc en effet
que le monde appartînt de droit aux
Romains, et que tous les peuples qui
vouloient conserver ou recouvrer la
liberté, fussent des rebelles ?

Pour punir en même temps les grands
et leurs flatteurs, il faudroit que, par
une baguette magique, les courtisans
énonçassent une fois tout haut dans une
fête de cour leur véritable façon de
penser et leurs sentimens secrets.

Dans un petit état, la petitesse des
rapports des moyens, des intérêts, re-
trécit et rapetisse les esprits. Ce que
l'existence d'un état pareil a de précaire
et de dépendant, donne des habitudes
timides et même serviles aux amis. Dans
un grand état qui porte en lui-même
la garantie de son indépendance, tout
est calculé sur une plus grande échelle;
la pensée prend quelque chose de plus
hardi, et le caractère de plus élevé, mais
les extrêmes se touchent; un état immense, tel que l'empire romain, produit
sur l'ame des sujets les mêmes effets qu'un
petit état et des effets plus tristes
encore car le despotisme est inséparable d'un état pareil; les individus oubliés
par l'état, l'oublient à leur tour : découra-
gés par le sentiment de leur foiblesse, par
l'inutilité de leurs efforts, par l'immensité du cadre où ils n'occupent qu'un
point, ils se reposent dans l'égoïsme.

Quand le sort se prépare à frapper

quelque grand coup , les pressentimens sont dans le monde moral, chez les hommes doués d'une imagination vive, ce que sont dans le monde physique les inquiétudes secrètes , et ces frémissemens nerveux qu'éprouvent, à l'approche de l'orage , les personnes douées d'une organisation délicate. Souvent le ciel est encore serein , et les hommes apathiques ou bornés ne pressentent et ne sentent encore rien , que déjà ceux qui ont de l'imagination et de la sensibilité saisissent des indications légères, signes avant-coureurs des calamités.

Quand la prudence devient une vertu, les vertus les plus sublimes ne sont plus que des imprudences condamnables.

Dans un siècle où chacun ne songe qu'à se mettre en sûreté, les hommes à principes sont des entêtés, et les hommes à grands sentimens des fous dangereux.

Les lois de l'étiquette sont les garde-
fous de la société.

L'ironie suppose de la froideur et de
l'indifférence, ou du moins elle a toujours un air d'indifférence et de froideur, et c'est ce qui lui donne un air
de supériorité. Quand on ne s'intéresse
ni aux choses dont on parle, ni aux personnes à qui on s'adresse, et que cependant on traite les uns et les autres avec
une grande liberté d'esprit, on paroît
élevé au-dessus des unes et des autres.

Il y a des hommes d'esprit qui s'amu-
sent dans la société en faisant des expériences sur les corps vivans ou plutôt
sur les ames. Ainsi ils lâcheront une
flatterie à un homme, où ils feront sortir les ridicules de leur retraite et les
mettront en saillie, comme on enfle un
corps ou comme on injecte un organe,
afin de l'observer et de le connoître
mieux.

L'idée la plus ingénieuse, la saillie la plus heureuse tombent tout à plat dans la tête d'un homme ignorant et borné, comme dans le vide de la pompe pneumatique tombent, avec une égale rapidité, les corps les plus légers et les corps les plus pesans. Dans les têtes pensantes seules, les idées rencontrent de la résistance, c'est-à-dire de la réaction.

Chez les esprits grossiers, l'admiration ressemble quelquefois à la crainte, dans ses traits et dans son langage ; chez les ames communes, la crainte prend aisément un faux air d'admiration.

Les hommes sensibles, et surtout les poëtes, sont les véritables harpes d'Eole ; un mot, un geste, un regard, un mouvement les fait frémir et enfante quelquefois les accords les plus mélodieux et les plus ravissans.

Le monde est aujourd'hui une grande

serre où l'on veut hâter et former la
nature , et où l'on ne recueille que des
primeurs sans goût et sans force. L'éducation entasse sur le premier âge toutes
les jouissances, toutes les idées , toutes
les connoissances, toutes les lectures,
et l'on gâte la jeunesse, et l'on déshérite
et l'on dépouille les saisons suivantes.
On jouit mal, on saisit et on comprend
tout mal, quand on hasarde d'inter-
vertir le cours de la nature ; dégoûté de
tous ces objets, parce qu'on les a goûtés
trop tôt, on n'y revient pas dans un
âge plus avancé, et on les a perdus
pour toujours.

A voir comment les hommes vivent
vite, on croiroit que la vie est devenue
plus courte, ou que les richesses et les
ressources de la vie ont considérablement augmenté.

La gaieté de l'esprit suppose une certaine liberté et une certaine indépen-

dance d'esprit qui peuvent facilement mener à se moquer de tout et de soi-même, et cet état est bien voisin d'une démoralisation complète. Tel fut l'état de la France à l'époque de la régence. Ce n'est pas le goût effréné de plaisirs, ni la passion de la débauche qui le caractérisent, mais cette débauche d'esprit pour qui il n'y avoit rien de sérieux, d'important, de sacré.

Les hommages de l'admiration et du respect fatiguent et ennuient quelquefois les hommes, lors même qu'ils flattent leur amour-propre ; ils seroient fâchés qu'on cessât de les leur rendre, et cependant ils sont las de les recevoir. Seroit-ce parce qu'il est très-difficile de bien préparer la louange, ou de la recevoir avec ce mélange de modestie, de simplicité, de dignité qu'on voudroit atteindre et saisir ? ou seroit-ce tout bonnement, parce qu'on se lasse de tout ?

Le flatteur le plus délicat est celui qui met en apparence de la mesure dans la louange ; on diroit qu'il juge. Le flatteur le plus dangereux est celui qui, tout en exagérant, paroît mettre de l'abandon dans la louange ; on diroit qu'il est sincère, et que le sentiment le maîtrise et l'entraîne.

En Angleterre, et dans quelques autres pays, on permet à ceux qui sont condamnés à mort, de parler au peuple et de lui dire ce qu'ils veulent. Les vieillards devroient jouir de la même liberté, et l'exercer avec autant de courage que de sagesse.

On arrive ordinairement à la vieillesse, hérissé de toutes les précautions qu'on a prises, et de toutes celles qu'on s'est repenti de n'avoir pas prises, et delà l'extrême timidité des vieillards. A cet âge, on ne parle pas avec liberté, par la même raison qui fait qu'on ne danse et ne saute plus.

Il y a peu d'hommes qui aient le droit par l'étendue de leur mérite, d'attacher la prospérité d'un état à leurs personnes, et ceux-là même feroient plus de bien par une retraite momentanée qui seroit une protestation solennelle contre de fausses maximes de politique et d'administration, que par leur présence qui leur donne l'air de sanctionner le mal ou du moins de composer avec lui. La plupart de ceux qui tiennent ce langage ne le tiennent que par intérêt ou par lâcheté; ce qui les fait rester, prouve qu'ils pourroient se retirer sans inconvénient.

Pour voir l'espèce humaine dans toute sa turpitude, il faut voir l'antichambre d'un ministre disgracié, la veille de sa disgrace et le lendemain.

La vie et les actions de la plupart des hommes demandent à être vus en perspective. La mort produit une espèce de lointain artificiel, et projette la vie d'un homme à distance. Delà vient qu'on rend justice aux hommes dès qu'ils ne sont plus.

La mort paroît à la plupart des hommes un si grand malheur, qu'elle dispose toujours leur cœur à la compassion pour celui qui a été la victime du trépas. C'est ce qui explique les éloges que l'on donne aux morts.

En voyant comment les petits encensent les grands, on seroit tenté de croire que l'homme a besoin d'admirer : en voyant comment on dispute et l'on refuse l'éloge à ses égaux et à ses inférieurs, on croiroit presque que l'homme se défend de l'admiration comme d'un sentiment pénible.

Toutes les flatteries ont été dites dans le monde, c'est une mine que les Romains ont épuisée sous les empereurs.

On ne peut même plus marquer par l'exagération. Pour paroître neuf, il n'y a plus d'autre parti à prendre que de se jeter dans la mesure et la vérité.

Il y a une certaine fraîcheur de réputation qui nuit souvent aux réputations mûries et éprouvées par le temps. Indépendamment de tout retour sur soi-même, et de tout calcul d'amour-propre, on tient souvent plus à ceux qui donnent de grandes espérances qu'à ceux qui rappellent de grands souvenirs. L'espérance a quelque chose de plus indéfinie.

Que de gens supportent et font des choses qui sont contraires à leur honneur, et vous disent avec une bonhomie apparente, qu'ils ne se prêtent à tout cela que par amour du bien public, et pour empêcher les plus grands maux ! On doit tout sacrifier à la chose publique, excepté sa personne morale ; on

doit immoler sa vie pour sauver l'estime de soi-même, mais delà même, il
résulte qu'on ne doit jamais immoler
l'estime de soi-même, et que les seules
victimes qu'il ne faille jamais sacrifier
sur les autels de la patrie, c'est sa
conscience et son honneur.

En quoi consiste l'intrigue ? à employer des moyens détournés, que sug-
gèrent la finesse, la ruse, l'astuce, ou
des moyens ignobles et immoraux pour
se procurer des avantages personnels.
Est-on un intrigant quand on cherche
le bien général, et que, ne pouvant pas
y arriver par la ligne droite, on prend
la ligne courbe, simplement dans le
sens de la ligne la plus longue ? Est-on
intrigant, quand, pour un but utile et
dans des vues désintéressées on tourne
les passions au lieu de les heurter de
front, et qu'on les gagne d'adresse pour
les enchaîner d'autant mieux à de belles
et nobles fins ?

La crainte agit sur les hommes beaucoup plus que l'espérance. Il semble
que le bien ne puisse jamais autant être
le bien que le mal est le mal, et que
la crainte ait encore quelque chose de
plus indéfini que l'espérance.

On diroit quelquefois que tous les
hommes sont convenus entre eux tacitement, qu'au delà d'un certain degré
de crainte et d'espérance, on doive sacrifier tout à ces deux sentimens, fût-ce
même les devoirs les plus sacrés, et que ce
principe est d'une telle évidence, qu'on
n'a pas besoin de délibérer sur certaines
lâchetés, ni d'en rougir, ni même de
les excuser.

Une certaine audace de caractère
ouvre l'ame à l'espérance, et l'espérance
augmente ensuite l'audace. La crainte
naît d'une certaine lâcheté de caractère,
et la crainte conduit ensuite tout naturellement à la lâcheté.

Il n'a manqué à un grand nombre d'hommes, pour être vils, qu'une bonne occasion. Si on ne les regarde pas comme une marchandise, c'est parcequ'il ne s'est pas présenté d'acheteur qui en ait offert suffisamment. Selon eux être vil, c'est se vendre à vil prix.

On peut opposer à tous les principes politiques des exceptions ; mais il ne faut pas, pour éviter cet inconvénient, vouloir fonder des principes politiques sur des exceptions. C'est sur les productions communes de la nature et sur la marche ordinaire de la société que les lois doivent être calculées, et non sur des prodiges.

Substituer dans les élections le sort aux suffrages, c'est substituer l'aveuglement de l'ignorance à l'aveuglement de la partialité.

Voulez-vous juger une institution politique ? Observez les moyens dont on se sert pour la conserver. La nature des moyens vous éclairera sur celle du but ; car la première prouve que le second est contraire à la nature et à la justice. Pour juger l'esclavage des nègres, il suffit de lire les règlemens qu'on a faits en leur faveur.

Les affections profondes et les longues douleurs morales prouvent quelquefois une grande force d'ame ; mais quelquefois aussi elles annoncent un défaut d'activité morale, ou elles tiennent de l'uniformité d'une vie dénuée d'événemens.

Quand on est sensible, on aime les longues douleurs, et les longs regrets, parce qu'ils offrent une image de l'infini du sentiment, et qu'ils semblent prouver que le temps n'a point de pouvoir sur l'ame.

L'amour rend les sacrifices plus doux

II. 22

et les embellit, mais l'amour seul ne les
dicte pas. C'est un sentiment tendre
qui amollit le cœur, et lui ôte la force
nécessaire pour les sacrifices pénibles.

La plupart des hommes savent trop
peu aimer, pour qu'on puisse se flatter
de les conduire uniquement par l'amour.

L'homme n'a de prix qu'autant qu'il
est une unité morale et non pas simplement une unité physique; en tant qu'il
est une personne différente de toutes les
autres, et non simplement un exemplaire
de l'espèce humaine.

L'homme ne devient une unité morale,
qu'en acquérant un moi distinct et réfléchi. Le moi ne consiste que dans la
puissance de la pensée et dans le sentiment réfléchi de la liberté. Quiconque
ne s'est pas détaché, par un acte de sa
volonté, des objets extérieurs, de ses
organes, de la nature, de lui même,

n'a jamais pensé de cette manière, ne sauroit avoir ce moi de la personne qui consiste dans l'indépendance de la volonté. Jusques là il est perdu dans l'océan des existences; il appartient à la nature, il en fait partie, il est une vague de cette mer immense; il faut qu'il se sépare lui-même de cette masse, et qu'il s'établisse avec toute la dignité d'une intelligence dans une partie de l'univers, comme quelque chose de distinct de tout le reste, pour acquérir les honneurs d'un véritable moi.

A l'époque où par la liberté on arrive à la véritable pensée et par la pensée à un véritable moi, on mérite seulement de porter un nom; car le nom n'est autre chose que le signe par lequel on sépare sa fortune et son existence de celles de l'univers, et la ligne de démarcation entre la liberté et la nécessité

Alors seulement les pensées et les résolutions, les actions et les désirs d'un homme sont à lui ; jusques-là il étoit un aggrégat fortuit d'élémens, une espèce de cristallisation sans couleur et sans caractère moral, dont on avoit dit tout ce qu'il y avoit à en dire en disant à quel genre elle appartenoit, et quelle étoit sa différence spécifique.

Tant d'hommes ressemblent à des choses, que c'est une véritable présomption de leur part de porter un nom propre : un zéro ne doit pas prétendre aux honneurs d'un chiffre. Aussi beaucoup d'hommes se rangent-ils modestement sous le nom d'un autre, et choisissent un chiffre qui leur donne quelque valeur.

Quiconque a une pensée et une volonté à lui, voudroit, pour l'honneur de la nature humaine, que tous les hommes lui ressemblassent, et qu'ils fussent tous jaloux de faire dans ce sens leur fortune et leur maison.

Multiplier les unités morales, ou les pensées et les volontés distinctes les unes des autres, indépendantes, caractéristiques, c'est le vœu de tout homme jaloux de la gloire de l'humanité; il hait l'uniformité, il veut des formes variées et originales. Dans les états anciens, par l'effet heureux de la constitution politique, il y avoit autant d'unités morales que de citoyens. Dans le monde moderne le grand nombre d'états divers ont formé autant d'unités morales; c'étoit un grand bien pour la dignité et le développement de l'espèce humaine.

FIN.

TABLE ALPHABÉTIQUE

DES

PRINCIPAUX ARTICLES

CONTENUS DANS LES DEUX VOLUMES.

Le chiffre romain indique le volume et le chiffre arabe la page.

A.

la volonté, *ibid.* 2°. l'empire des idées sur les besoins et les intérêts, I, 53. Idéal d'un grand caractère, I, 60. Comment il peut avoir des passions, I, 61. Il constitue le grand homme, I, 63. Il suppose une grande force d'intelligence, I, 65. Comment la présence des grands caractères s'annonce, *ibid.* Caractère des siècles où les grands caractères ont manqué, I, 67. par rapport aux sciences, I, 68. aux arts, I, 69. à la religion, *ibid.* à la patrie, *ibid.* à l'état, I, 71. Exemple tiré de l'histoire, I, 73. Pourquoi les grands caractères sont-ils plus rares dans un siècle que dans l'autre? I, 74. Quelle époque leur est plus favorable, I, 76. Deux époques où le développement des grands caractères a été favorisé, I, 82. 1°. en Grèce et en Italie, *ibid.* 2°. dans le moyen âge, I, 84. Le dix-huitième siècle a produit deux hommes à grand caractère, I, 89. Vœu sur la manière d'écrire l'histoire des grands caractères, I, 93.

Catulle, n'a pas connu le véritable amour, I, 208.

Cevalerie, a donné naissance à l'amour, I, 210.

Cicéron prétend que les grands auteurs sont ce qu'il y a de plus rare au monde, I, 287.

Civilisation (*la*), a deux fois recommencé en Europe, I, 187. Comparaison de ces deux époques, I, 188.

F.

Preuves de l'existence du besoin et du sentiment
de l'infini, par l'effet que fait sur nous la contemplation de la nature, I, 17 ; par les plaisirs
que nous donnent les arts, I, 21, nommément
la musique, I, 25, la poésie, *ibid.* la religion, I, 29, les sciences, I, 34. L'impossibilité
d'en avoir une idée positive, ne prouve rien
contre l'existence de ce sentiment, I, 37.

Imagination, principe du génie dans la poésie et
dans les arts, I, 181.

Intention intellectuelle ; ce que c'est dans le système de la philosophie de la nature, II, 141.

K.

Kant. Ses successeurs sont des philosophes dogmatiques, II, 63. Comment il a résolu le premier problème de la philosophie, II, 103 ; par la
subsumption, II, 105. Défaut de son système,
II, 107.

L.

Leibnitz a développé la théorie des idées obscures,
I, 40. Comment il a résolu le premier problème
de la philosophie, II, 99 ; par le moyen des
principes, II, 105. Défaut de son système, *ibid.*

Liberté. Pensées détachées sur ce sujet, II, 224.

Littérature allemande; pourquoi elle est pauvre
en écrivains éloquens, I, 303.

M.

de le résoudre, II, 95. première, système de
la dualité, II, 97. Premier mode de Leibnitz,
II, 98. Second mode, de Locke, II, 100. Troisième mode, de Kant, II, 101. Bases de ces
trois modes, II, 105. Défaut des trois modes,
II, 105 et suiv. Seconde manière de résoudre ce
problème, système des unitaires, II, 111. Premier mode, de Xénophanes et de Spinosa, II,
112. Second mode, des unitaires matérialistes
ou atomistes et idéalistes, II, 113. Défectuosité
de tous ces systèmes, II, 117. Conclusion, II,
121.

Properce, n'a pas connu l'amour, I, 208.

Pyrrhonisme; en quoi il diffère du scepticisme,
II, 9.

R.

Religion. Pourquoi elle a été associée aux arts et
à la poésie, I, 29. Elle tient au sentiment et au
besoin de l'infini, I, 30. Comment les fausses
religions ont pris naissance, I, 31. Elle est le
rapport du fini avec l'infini, I, 33. Elle peut être
considérée indépendamment de ses rapports avec
la raison et la volonté, I, 33. Ce qu'elle devient
dans les siècles qui manquent de grands caractères, I, 70. Comment elle a produit la différence entre la poésie ancienne et la poésie moderne, I, 191. Celle des Grecs étoit l'anthropo-

morphisme , I , 192. La chrétienne n'est pas poétique, 1°., parce qu'elle est trop métaphysique , I , 193 ; 2°. , parce qu'elle repose sur un livre, I , 195 ; 3°., parce qu'elle établit la liberté de l'homme , I , 197. La religion chrétienne a tiré les femmes de la servitude , I , 210. Pensées détachées sur la religion , II , 235.

Religion catholique. Jugement de l'auteur sur son culte , II , 238.

Représentations (*les*). Nous les distinguons de nous et de leurs objets , I , 5.

S.

Sapphon n'a pas connu le véritable amour, I , 208.

Scepticisme. En quoi il diffère du pyrrhonisme , II , 9 ; et de la troisième académie, II , 11. Il place la sagesse suprême dans la suspension de tout jugement , II , 12. Théorie de Sextus Empiricus , II , 31. Marche que l'esprit humain a suivie pour y arriver , II , 33. Tableau de la filiation des doutes sur les connoissances humaines , II , 36. Le scepticisme est lui-même dogmatique, II, 16. Il repose sur trois suppositions, qui sont des pétitions de principes , II , 55. première , II , 56 ; seconde , II , 57; troisième , II , 60. Il prend quelquefois sa source dans les passions , II , 62. Comment il est né du dogmatisme, II ,

II, 47. Réfutation de la première, *ibid.* de la seconde, II, 48. de la troisième, II, 49. Il est dogmatique dans les résultats de sa théorie, II, 52.

Siècle (*le seizième*) a produit de grands caractères, I, 88. *Le dix-huitième* est l'époque des gens d'esprit, I, 89. Il a produit deux grands caractères, *ibid.*

Siècles de la chevalerie, comparés aux siècles héroïques, I, 188.

Siècles héroïques, comparés à ceux de la chevalerie, I, 188.

Simplicité. Différentes sortes de simplicité, I, 109. 1°. dans les idées, *ibid.* Le goût de cette simplicité tient à notre nature, I, 10. 2°. dans les arts, I, 116. La simplicité est un trait caractéristique du beau, I, 117. On distingue la simplicité du sujet, du plan et du style, I, 120. Quand elle est surtout à sa place, I, 127. L'amour de la simplicité est une preuve de force, I, 128. Causes de la simplicité de la nature, I, 129. En quoi elle diffère de la modestie, I, 132. 3°. Dans le caractère, *ibid.* Elle distingue l'antiquité, I, 135.

Société. Son état différent est une des causes de la différence entre la poésie ancienne et la poésie moderne, I, 203.

V.

X.

TABLE DES MATIÈRES

CONTENUES

DANS LE SECOND VOLUME.

LIVRES

QU'ON TROUVE EN NOMBRE

Chez F. SCHOELL,

Rue des Fossés S.-Germain-l'Auxerrois,
nº. 29, à Paris.

———————

Amours (les) de Chéréas et de Callirrhoë, histoire traduite du grec (de *Chariton*), avec
des remarques (par M. *Larcher*); 2 vol. in-12.
Paris 1797. fr. 4. franc de port fr. 5.

Amours (les) de Daphnis et de Chloé, traduites
du grec de *Longus* (par *Amyot*); in-12. Paris 1797. fr. 2 ; franc de port 2. 60 c.

Amours (les) d'Ismène et d'Isménias (par *Eusta-
thius*) ; in-4º. Paris 1797. *Pap. fin, avec fig.*
enlum., fr. 10. franc de port, fr. 11.

Amours (les) de Rhodante et Dosiclès, traduites
du grec de *Theodorus Prodomus*, par *P. F.*
Godard de Beauchamp, in-12. Paris 1797. fr. 2 ;
franc de port 2. 60 c.

Amours (les) de Théagènes et Chariclée, histoire

éthiopique (par *Héliodore*); 2 vol. in-4°. Paris 1796. *Pap. fin , fig. enlum.* , fr. 20; franc
de port, f. 24.

Bibliothéque historique à l'usage des jeunes gens ,
ou précis des histoires générales et particulières
de tous les peuples anciens et modernes , extrait
de différens auteurs et traduit de diverses langues , par M. *Breton*, traducteur de la Biblio-
thèque géographique de Campe , 12 vol. in-16,
ornés de cartes et gravures. Paris 1809. fr. 15 ,
et franc de port, fr. 22.

Catalogue méthodique des plantes du jardin de
l'école de médecine de Strasbourg , par *D. Vil-
lars* , 1 vol. in-8°. Strasbourg 1807. f. 6.

Château (le) de Marienbourg en Prusse , gravé
par *F. Frick*, in-fol. Berlin 1803. fr. 300.

Collection des lois , actes , ordonnances , et autres
pièces officielles relatives à la confédération du
Rhin , vol. 1—4, composés de 12 cahiers in-8°.
Paris 1808. fr. 24 ; franc de port dans les départemens 30 fr.

Conchyliologie systématique , et classification méthodique des coquilles , offrant leurs figures,
leurs descriptions génériques et caractéristiques,
leurs noms, ainsi que leurs synonymes en plusieurs langues. Ouvrage destiné à rendre enfin
aussi facile que claire , l'étude des coquilles et
l'arrangement des cabinets d'histoire naturelle,

par M. *Denis de Montfort*; vol. 1ᵉʳ in-8°. , contenant les coquilles univalves cloisonnées. Paris 1808. fr. 12, et f. 13. 60 cent. franc de port; les fig. color. fr. 18, et f. 19. 60 cent. franc de port; pap. grand raisin, les fig. coloriées, fr. 20, et f. 21. 60 cent. franc de port ; sur papier vél. , fig. color. fr. 24, f. 25. 60 cent. franc de port.

Conjectures (mes) sur le feu, considéré dans l'univers et dans l'homme physique et moral; suivis de l'appel entier de cette théorie aux travaux des forges, par *J. B. P. Baudreville* , 2 vol. in-8°. Strasbourg 1808. fr. 11, f. 13. 25 c. franc de port.

Costumes suisses, dessinés d'après les tableaux de *Reinhard* , par *Hœgy* , et publiés par *P. Birmann* et *Huber* à Bâle, 44 feuilles f. 480.

Il n'existe pas de pays qui sur la même surface offre une plus grande variété de costumes que la Suisse, où les modes étrangères ont eu peu d'accès , et où chaque canton, chaque district a conservé depuis plusieurs siècles sa manière de vivre et de se vêtir. Cette variété de costumes, quelquefois très-pittoresques, souvent bizarres, frappe tous les voyageurs : elle a donné naissance à un assez grand nombre de recuils où ils ont été représentés. De toutes ces entreprises, celle de MM. *Birmann* et *Huber* se distingue par la perfection de l'exécution et par l'intérêt que les artistes, dont les talens réunis y ont concouru, ont su donner à ces planches. Chacune représente un groupe de deux ou

trois individus en action, avec un fond où l'on voit
tantôt un site du pays, tantôt l'intérieur d'une maison,
ou l'occupation ordinaire des habitans d'un canton.
M. *Reinhard* a parcouru, pendant quelques années,
toute la Suisse pour faire ces tableaux sur les lieux
mêmes : tout à été peint d'après nature ; les têtes étant
toutes des portraits, offrent les traits caractéristiques
des physionomies de ce pays, où les races se sont
moins mêlées que partout ailleurs.

Deslongchamps (*J. L. A. Loiseleur*) Flora
gallica, seu enumeratio plantarum in Gallia
sponte nascentium, 2 vol. in-12, fig. Paris 1806.
fr. 12, f. 14 franc de port.

Encyclopédie des jeunes gens, ou mémorial rai-
sonné de ce qu'il y a d'utile et d'intéressant dans
les connoissances humaines. Nouvelle édition,
refondue entièrement et considérablement augmentée, enrichie de six cartes géographiques,
d'une mappemonde, et de 18 autres planches,
2 vol. in-8°, Paris 1808. fr. 12.

Essai sur l'origine de la gravure en bois et en
taille-douce, et sur la connoissance des estam-
pes des 15e. et 16e. siècles, où il est parlé aussi
de l'origine des cartes à jouer et des cartes géographiques ; suivi de recherches sur l'origine du
papier de coton et de lin ; sur la calligraphie,
depuis les plus anciens temps jusqu'à nos jours ;
sur les miniatures des anciens manuscrits ; sur
les filigranes des papiers des 14e., 15e. et 16e.

siècles ; ainsi que sur l'origine et le premier
usage des signatures et des chiffres dans l'art de
la typographie, 2 vol. in-8°. avec 20 gravures.
Paris 1808. fr. 15, et f. 18 franc de port dans
les départemens ; sur papier grand-raisin vélin
satiné, fr. 30, et f. 33 franc de port dans les
départemens.

Flore des Antilles, ou histoire générale botanique,
rurale et économique des végétaux indigènes
des Antilles, et des exotiques qu'on est parvenu
à y naturaliser ; décrits d'après nature, selon le
système sexuel de Linné et la méthode naturelle
de Jussieu ; enrichie de planches dessinées, gravées et coloriées avec le plus grand soin ; par
M. *de Tussac*, livraisons 1—3 in-fol., papier
grand-jésus vélin, fr. 90.

Flore Parisienne, contenant la description des
plantes qui croissent naturellement dans les environs de Paris ; ouvrage orné de figures, et disposé suivant le système sexuel, par *A. Poiteau*
et *P. Turpin*, livraisons 1 à 6, in-folio, papier
grand-colombier vélin, dont on n'a tiré que
douze épreuves, avec fig. en couleur, fr. 288.
In-folio, papier grand-jésus vélin, en couleur,
fr. 150. In-4°., papier grand-jésus fin, figures
noires, fr. 54.

Galerie militaire, ou notions historiques sur les
généraux en chef, généraux de division, et vice-

amiraux, contre-amiraux, etc. qui ont commandé
les armées françoises, depuis le commencement
de la révolution jusqu'en l'an 1805; par *F. Babié*
et *L. Beaumont*, 7 vol. in-12, ornés de 16 portraits. Paris 1805. fr. 24.

Grammaire générale synthétique, ou développement des principes généraux des langues, consi-
dérées dans leur origine, leurs progrès et leur
perfection; méthode nouvelle, mise à la portée
des élèves des lycées et des écoles secondaires,
par *C. Leber*, in-8°. Paris 1808. fr. 3, et fr. 4
franc de port; pap. vélin fr. 5, et fr. 6 franc de
port.

Guide (le) des pères de famille et des instituteurs,
ouvrage où l'on traite méthodiquement, et avec
détail, de l'éducation physique, intellectuelle et
morale des enfans du premier et du second âge;
suivi de maximes propres à former leur cœur à
la religion, aux bonnes mœurs et à la vertu.
Par M. l'abbé *Germain*, prêtre du diocèse de
Meaux, gradué de l'ancienne université de Paris.
Paris 1808. fr. 6, et f. 7. 50 cent. franc de port.

Histoire des carex ou laiches, contenant la description et les figures coloriées de toutes les
espèces connues, et d'un grand nombre d'espèces nouvelles, par *Ch. Schkuhr*. Traduite de
l'allemand, et augmentée par *G. F. de La
Vigne*, in-8°. Leipsic 1802. fr. 45.

Histoire naturelle appliquée à la chimie, aux arts, aux différens genres de l'industrie, et aux besoins personnels de la vie, par *Simon Morelot*, pharmacien en chef du corps d'armée du général Gouvion-Saint-Cyr Précédée d'un rapport de l'université de Leipsic, 2 vol. in-8°. Paris 1809. f. o, et fr. 12 75 cent. franc de port dans les départemens.

Histoire naturelle de la montagne de Saint-Pierre de Mæstricht, par *B. Faujas de Saint Fond;* in-4° avec 54 planches. Paris 1799. fr. 80. In-folio, papier vélin, dont il n'a été tiré que 100 exemplaires, fr. 160.

Institutions commerciales, traitant de la jurisprudence marchande et des usages du négoce, d'après les anciennes et nouvelles lois; ouvrage enrichi des jugemens les plus célèbres de l'ancien et du nouveau régime, de tableaux, formules, actes, contrats, papiers de crédit actuellement usités, et de tout ce qui appartient au contentieux commercial; par *Boucher*, in-4°. Paris 1804. fr. 15, et f. 18 franc de port dans les départemens.

Instruction sur la nature et la guérison du tournoiement des brebis; ouvrage destiné aux économes et aux bergers, et orné d'une planche. In-12. Paris 1808. fr. 1. 80 cent., et f. 2. 10 c. franc de port.

Loder (*J. Ch.*) tabulæ anatomicæ, quas ad illus-
trandam humani corporis fabricam collegit et
curavit, in-fol. Vinariæ 1794. fr. 342.

Manuel du minéralogiste et du géologue voyageur,
par *C. P. Braid*, in-12, avec figur. Paris 1808.
fr. 3. 50 cent., et f. 4. 50 c. franc de port.

Manuel de pharmacopée moderne, par *J. F. Chor-
iet*, in-8º. Paris 1808. fr. 3, et fr. 3. 60 cent.
franc de port.

Mélanges de littérature et de philosophie, contenant des essais sur l'idée et le sentiment de l'infini ; sur les grands caractères ; sur le naïf et le
simple ; sur la nature de la poésie, et la différence de la poésie ancienne et moderne ; sur le
caractère de l'histoire et sur Tacite ; sur le scepticisme ; sur le premier problême de la philosophie;
sur les derniers systêmes de métaphysique en
Allemagne ; par *F. Ancillon*, membre de l'académie royale des sciences de Prusse ; 2 vol. in-8º.
Paris 1809. fr. 9, et f. 11. 40 c. fr. de port; pap.
vélin, fr. 15, et f. 17. 40 c. franc de port.

Odes de *Pindare*, unique traduction complète en
prose poétique, par *P. L. C. Gin*, 2 vol. in-8º.
Paris 1801. fr. 5, et f. 6. 80 c. franc de port.

Oeuvres complètes de *Condillac*, revues, corri-
gées par l'auteur, et imprimées sur ses manuscrits autographes, 31 vol. in-12. Paris 1803
fr. 62.

Oeuvres complètes de *Condorcet*, 22 vol. in-8°.
Paris 1804. fr 220.

Oeuvres complètes d'*Horace*, traduites en vers par
P. *Daru*, membre de l'Institut national, con-
seiller d'état, intendant de la liste civile ; avec
le texte latin, une dissertation sur les participes
françois, et des notes, 4 vol. in-8°. Paris 1804.
fr. 15.

   Les mêmes, papier grand-raisin vélin, carton-
nées à la Bradel, fr. 30.

Oeuvres complètes de *Mah'y*, 12 vol. in-8°. f. 36.

Oeuvres complètes de *Montesquieu*, avec les notes
d'Helvétius sur l'Esprit des lois, et toutes les
œuvres posthumes, 8 vol. in 8. Bâle 1799.
fr. 24, et 36 f. franc de port dans les départ.

Oeuvres de *Pigault-Lebrun*, 44 vol. in 12. f. 64.

Oeuvres philosophiques de *F. Hemsterhuis*, contenant : lettre sur la sculpture ; lettre sur les
désirs ; de l'amour et de l'égoïsme ; lettre sur
l'homme et ses rapports ; description philosophique du caractère de feu M. Fagel ; Sophyle,
ou de la philosophie ; lettre sur une pierre an-
tique ; Aristée, ou de la divinité ; Alexis, ou
l'age d'or ; Simon, ou des facultés de l'ame ;
lettre de Dioclès à Diotime, sur l'athéisme ;
lettre de M. Jacobi à M. Hemsterhuis. Nouvelle édition, revue et augmentée, avec planches, vignettes et culs-de-lampes ; 2 vol. in-8°.

imprimés avec beaucoup de soin en caractère
cicéro neuf, sur pap. vélin seulement. Paris 1808.
fr. 16, et f. 20. 50 cent. franc de port.

Portefeuille des enfans; mélange intéressant d'a-
nimaux, de plantes, fleurs, fruits, minéraux,
costumes, antiquités, et autres objets instructifs
et amusans pour la jeunesse, choisis et gravés
sur les meilleurs originaux, avec de courtes explications scientifiques et proportionnées à l'entendement d'un enfant; rédigé par *F. J. Bertuch*,
106 cahiers in-4°. Weimar 1795—1808. fr. 318.

Recherches sur le systême nerveux en général, et
sur celui du cerveau en particulier ; mémoire
présenté à l'Institut de France le 14 mars 1808.
Suivi d'observations sur le rapport qui en a été
fait à cette compagnie par ses commissaires ; par
MM. *F. J. Gall* et *G. Spurtzheim*, in-4°., avec
planche. Paris 1809. fr. 15, et fr. 17 franc de
port ; pap. vélin fr. 20, et f. 22 franc de port.

Réflexions sur la nouvelle noblesse héréditaire en
France, par M. le baron d'*Eggers*, in-12. Leipsic 1808. 75 cent.

Répertoire de littérature ancienne, ou choix d'auteurs classiques grecs et latins, d'ouvrages de
critique, d'archéologie, d'antiquités, de mytho-
logie, d'histoire et de géographie anciennes,
imprimés en France et en Allemagne. Nomenclature de livres latins, françois et allemands sur

diverses parties de la littérature. Notice sur la
stéréotypie; par *Fréd. Schoell*, 2 vol. in-8o.
Paris 1808. fr. 10 , et fr. 12. 5o cent. franc de
port dans les départemens ; sur pap. vél. fr. 20,
et f. 22. 5o cent. franc de port dans les dép.

Rose et Damète, roman pastoral en trois livres,
traduit du hollandois de M. *Loosjés* ; grand in-
18, pap. vélin , avec vignette. Paris 1808. fr. 3.
5o cent., et fr. 4 franc de port dans les dép.

Tableau des hauteurs principales du globe , fondé
sur les mémoires les plus exacts, et publié à
Berlin par *Chr. de Mechel* en 1806 , avec une
explication in-4°. fr. 10.

Tableau méthodique des espèces minérales , pré-
sentant la série complète de leurs analyses et la
nomenclature de leurs variétés, extrait du traité
de minéralogie de M. *Haüy* , et augmenté des
nouvelles découvertes ; auquel on a joint l'indi-
cation des gisemens de chaque espèce, et la description abrégée de la collection de minéraux du
Muséum d'histoire naturelle , par *J. A. Lucas* ;
imprimé avec l'approbation de l'assemblée admi-
nistrative des professeurs du Muséum d'histoire
naturelle ; 1 vol. in-8°., orné de planches. Paris 1805. fr. 7, et f. 8. 5o cent. dans les départemens.

Tableaux de la nature , ou considérations sur les
déserts , sur la physionomie des végétaux et sur

les cataractes ; par *A. de Humboldt* ; traduit de l'allemand par *J. B. B. Eyriès*, 2 vol. in-12. Paris 1808. fr. 5, et f. 6. 20 cent. franc de port. Pap. vélin, fr. 8, et f. 9. 20 cent. franc de port.

Tableau des révolutions de l'Europe, depuis le bouleversement de l'empire romain en Occident jusqu'à nos jours ; précédé d'une introduction sur l'histoire, et orné de cartes géographiques, de tables généalogiques et chronologiques, par M. *Koch* ; 3 vol. in-8°. Paris 1807. fr 24, franc de port f. 30. Pap. grand-raisin, f. 30 ; grand-raisin vélin satiné. cartonné, fr. 48.

Traité de l'inflammation et de ses différentes terminaisons, par *J. F. Chortet*, in-8. Paris 1808. fr. 3. 50 cent., et f. 4. 25 c. franc de port.

Traité des pierres précieuses, des porphyres, des granits, marbres, albâtres, et autres roches propres à recevoir le poli et à orner les monumens publics et les édifices particuliers ; suivi de la description des machines dont on se sert pour tailler, polir et travailler ces pierres, et d'un coup d'œil général sur l'art du marbrier ; ouvrage utile aux joailliers, lapidaires, bijoutiers, aux architectes, décorateurs, etc., etc., orné de planches ; par *C. Prosper Brard*, attaché au Muséum d'histoire naturelle ; 2 vol in-8°. ornés de planches. Paris 1808. fr. 10, et fr. 12

franc de port ; pap. vélin, fr. 15, et f. 17 franc de port.

Trois (les) règnes , poëme en 8 chants , par M. *Delille.* Edition in-4°. , pour faire suite aux éditions de ce format des œuvres de ce poète. (*Sous presse.*)

Valérie, ou lettres de Gustave de Linnar à Ernest de G. (par Mad. *la baronne de Krüdener*). Troisième édition , 2 vol. in-12. Paris 1804. f. 3. 75 cent., et fr. 5 franc de port. Papier vélin, f. 7. 50 cent., et fr. 8. 75 cent. franc de port.

Voyage en Angleterre , en Ecosse et aux îles Hébrides , ayant pour objet les sciences , les arts, l'histoire naturelle et les mœurs ; avec la description minéralogique du pays de Newcastle , des montagnes du Derbyshire , des environs d'Edinburg , de Glasgow , de Perth , de Saint-Andrews , du duché d'Inverary , et de la grotte de Fingal ; par *B. Faujas de Saint Fond*; 2 vol. in-8o. avec figures. Paris 1787. fr. 12 , et f. 15 franc de port ; 2 vol. in-4°. fr. 24.

Voyage pittoresque de Bâle à Bienne , par les vallons de Moutier-Granval; par *Ph. S. Bridel,* les planches dessinées par *P. Birmann* (et gravées en manière d'aquatinte) ; in-folio oblong avec 36 planches. Bâle 1802. *Pap. vélin*, f. 216.

Voyage religieux et sentimental aux quatre cimetières de Paris ; ouvrage renfermant un grand

nombre d'inscriptions funéraires; suivies de réflexions religieuses et morales; par *An . Cail-
lot* , in-8⸱. Paris 1803. fr. 5, et f. 6. 25 c.
franc de port.

Voyage dans l'intérieur de l'Amérique , dans les
années 179) à 1803, par MM *de Humboldt* et
B n land; 10 vol. in 4 . avec 3 atlas , et 4 vol.
in-folio.

Le grand nombre de matériaux que MM. *Alexandre
de Humboldt* et *Aimé Bonpland* ont rapportés du
voyage qu'ils ont fait dans l'intérieur de l'Amérique,
dans les années 1799, 1800, 1801, 1802 et 1803, et
la diversité des objets sur lesquels leurs recherches
se sont étendues , les ont engagés à diviser la relation
de leur voyage en 6 parties ou recueils détachés, dont
chacun , renfermant les observations du même genre ,
offre aux amateurs la facilité de ne se procurer que la
partie qui les intéresse plus particulièrement. Tous ces
ouvrages portent le titre de *Voyage de Humboldt* et
Bonpland. Indépendamment de ce titre général , chaque partie porte un titre particulier , et se vend séparément. Ils seront tous imprimés dans le même format,
à l'exception de ceux de botanique et des atlas , qui
exigent un format plus grand pour le développement
des figures.

Un Prospectus détaillé, qu'on distribue au bureau de ce
voyage, rue des Fossés-St.-Germain-l'Auxerrois, fait
connaître la division du voyage et le but que les auteurs
se sont proposé dans chaque partie. Voici le tableau
des livraisons qui ont paru :

(369)

	Pap. vel.	Pap. fin.
Partie I. Physique générale et Relation historique du voyage ; *Vol I.* in-4°. contenant l'Essai sur la géographie des Plantes, orné d'un grand tableau colorié....................................	f r. Co.	fr. 40.

On peut avoir les exemplaires du papier fin avec la carte en noir ; ils ne coûtent alors que fr. 30.

La carte seule se vend séparément, coloriée fr. 35 ; en noir fr. 25.

Partie II. Zoologie et anatomie comparée, livraisons 1, 2, 3, in-4°. ornées de 14 planches...............	63.	45.
Partie III. Statistique du Mexique, liv. aisons 1re. et 2me. in-4°., avec la 1re. et 2ème livraisons de l'Atlas, in-fol.....	108.	84.
Partie IV. Astronomie et Magnétisme, livraisons 1re. et 2me. in-4°., avec le *Conspectus longitudinum et latitudinum*, et le *Tableau des nivellemens barométriques*........................	98.	66.

Le *Conspectus* seul, pap. vélin fr. 9, pap. fin, fr. 6. Le *Tableau des nivellemens* seul, pap. vel. fr. 12. pap. ord fr. 9

Partie VI. Botanique. Plantes équinoxiales, *Vol.* 1, ou livraisons 1 à 8 in-fol., avec 69 planches	234.	234 *

Quelques exemplaires sur grand colombier vélin, à fr. 394.

Livraisons 9me. et 10me. ou 1ère. et 2me. du 2ème. volume...........	64.	64 *

Les mêmes sur grand colombier fr. 108

Monographie des Melastomes, livraisons 1—8, ornées de 40 planches.....	288.	288 *

Il en a été tiré quelques exemplaires sur papier grand colombier vél., à fr. 480.

T o t a l	821 fr.	915

* La partie botanique n'existe que sur papier vélin.

En attendant que les éditeurs aient fait graver les portraits des deux voyageurs avec tout le soin qu'ils méritent,
on peut ajouter à cette collection celui de M. *de Humboldt*,
gravé à l'eau-forte par M. Aug. Desnoyers, d'après un
croquis de M. Gérard, fr. 4. 5o cent.

Chez le même libraire, on trouve un assortiment considérable de livres imprimés en Allemagne et dans le
Nord, nommément la collection complète des éditions
d'auteurs classiques grecs et romains, qui y out paru
depuis 5o à 6o ans, et les meilleurs ouvrages allemands.

ADDITIONS.

France (la) littéraire, contenant les auteurs françois de 1770 à 1805, par *J. S. Erch*, 5 vol. in-8.
Hambourg, 1797, suiv. fr. 4o.

Recueil des principaux traités de paix, d'alliance,
de trève, de neutralité, de commerce, de limites,
d'échange, etc., conclus par les principales
puissances de l'Europe, tant entr'elles qu'avec
les puissances et états dans d'autres parties du
monde, depuis 1761 jusqu'à présent; accom-
pagné des traités du 15e. siècle, antérieurs à
cette époque, qui ne se trouvent pas dans le
corps diplomatique de Dumont et Roussel, par
G. F. de Martens, 11 vol. in-8., Gottingue,
1790—1808, fr. 99.

www.ingramcontent.com/pod-product-compliance
Lightning Source LLC
Chambersburg PA
CBHW050753030726
47505CB00002B/516